KB097357

이상한 기록물

이 선 호

유 고 시 집

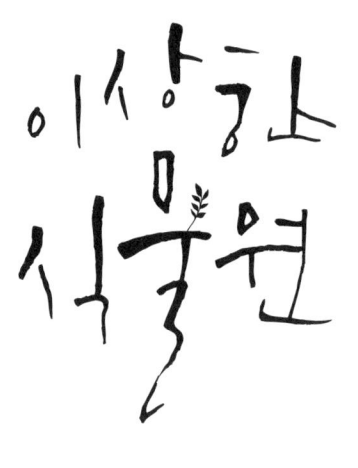

이상한
식물원

이선호 지음

디오네

차례

1부 이상한 식물원

저녁나라의 책읽기   011

이 말랑말랑한 공기   012

누렁개   014

새   016

밥이 힘이다   018

용접공 일기   020

이상한 식물원   022

재미난 놀이   023

두더지 오락 게임   024

아름다운 발성發聲을 위하여   025

자정의 바다   026

산동네에서 꿈꾸는 모닥불   027

그날 아침   028

별이 뜨지 않았다   030

도배   032

나무 시장   034

연금 생활자   038

고기가 있는 아침 식사   040

조용히 사라져 버릴 수 있어   042

폭풍   044

2부 춤추는 정원사

저녁 고행苦行 051

배꼽 052

옛집 054

춤추는 정원사 056

이상한 집착 060

10월의 붉은 저녁 062

바람을 노래함 064

흘러가는 불빛 067

우산을 접다 068

희망 여인숙 070

늙은 추억 - 조화造花 073

추억이 없는 집 1 074

추억이 없는 집 2 076

거대한 산 077

겨울 들판에서 078

할머니 무릎 베고 누워 듣는 별 이야기 080

남대문 당나귀 082

춘설春雪 084

꽁치 086

패스트푸드 2 088

3부 사무원, 몽상가처럼 중얼거리다

숫돌은 푸르다   091

갈대   092

사무원, 몽상가처럼 중얼거리다   094

82번 정거장   096

시인에게   098

뻔뻔한 낯짝   100

석 달 열흘   101

정육점   102

지금은 통화 중   104

사육飼育 21   106

옻칠   108

우울한 돼지들의 소풍   110

날아라, 물잠자리   112

회계원   114

물론   116

사망 통지서   118

조산早産   121

등   122

별밤지기 소년   124

왕왕거리는 하루   126

4부 겨울 사냥 이야기

확대경　131

저녁에 하는 충고　132

짧은 연애 사건의 기록　133

언제나 객지　134

사월엔 목련이 피었다 진다　136

닭　138

양파껍질 속에 숨어 사는 여자　140

솔잎들은 눈을 찌른다　142

밤 시 1 - 1982년 12월 밤　143

밤 시 2 - 비제祕祭　144

밤 시 3 - 장미원　145

밤 시 4 - 초상집　146

밤 시 5 - 묘지墓地　147

휴화산休火山　148

보리차　150

겨울 사냥 이야기 1　152

겨울 사냥 이야기 2　154

눈 오는 황산벌　156

손톱 2　158

손톱 3　159

나의 부활　160

5부 정오의 삽화

우리들의 천국이　163

할아버지 괘종시계　164

정오正午의 삽화插話　166

삼천리호 자전거　168

압록강　170

합리주의자처럼 말하다　172

시간이 보이는 곳에서　173

몽상가처럼 말하다　174

적산가옥敵産家屋 아이　176

완산주完山州 처녀의 얼굴 없는 사랑　180

가을　183

고랭지高冷地에서 부르는 노래　184

혜순이 고모　186

영산홍　189

두려운 밤　190

겨울 철새의 노래　192

농업 정책론 시간에　194

어떤 예감　197

이별 곡　198

후기　200

해설_ 시詩가 쓴 처용處容, 붉은 얼굴 | 권덕하(시인·문학평론가)　201

발문_ 고독에 젖어 있었던 내면 | 정용기(시인)　214

시록음

이앙호끝

11

저녁나라의 책읽기

굴참나무 껍질로 만든 책표지를 펼치면
미풍은 불어 낙엽 같은 사연들을 쓸어 모으고
갈댓잎으로 짠 조끼 입은 아이들과 바위에 앉아
황토색 짙은 이마 빛내며 사랑을 이야기하는
아 어머니, 어머니는 자연이십니다.

산山이란 산山은 어깨마다 능금 하나씩을 짊어지고
여기보다 일찍 잠드는 곳으로부터 아버지가 오셔요
지겟다리 흥겹게 콧노래 부르시며
바지게 위엔 산밤과 호박도 얹히고
아 어머니, 따라오는 어둠을 우리는 전설傳說이라 부
르지 않을게요
아버지 오시는 논두렁마다 우리
능금만 한 등불을 내걸어요.

화보가 삽입되어 있는 전래동화를 읽다 보면
가고 싶다, 누구나 집으로 돌아가는 그 저녁나라로.

이 말랑말랑한 공기

통 안에 들어 있는 공기를 생각하면
문득 가슴이 뭉클해져 온다
오늘 아침 김씨는
공기 한 통을 배달시켰다
하얀 접시 가득 공기를 담아내
마음껏 포식하고 바라본
아침 햇살은 얼마나 풍성한가
지난 몇 달 동안
곰팡내 나는 공기만 먹고 살던 김씨에게서
당분간 두통은 멀리 추방되리라
방안 구석마다 진지를 구축한 채
김씨의 허파와 생각을 엿보던 습한 공기들
한 통의 말랑말랑한 공기는
식탁과 종이컵과 라디오 스피커를 채우고
어둑신한 책장을 가득 채우고
아내 눈자위의 그늘을 닦아 내며
말랑말랑한 말씀들을 들려주리라
김씨는 공기 한 통의 평화를 바라본다

말랑말랑한 평화가
참 서럽게 숨을 쉬고 있구나
가만가만
반쪽뿐인 그의 가슴을 채우며
부풀어 오르는 말랑말랑한 공기
살아 있다는 게 참 서러울 때가 있다

누렁개

공단 지역
샌드위치 패널로 지은 옥상 위
여기는 사각의 링이다
바람을 파트너 삼아
누렁개는 스파링 중이다
아무리 날쌔게 피해도
갈기를 붙잡고 흔드는 바람
시멘트 바닥을 구르며
내질러도 결코 적에게 닿지 않는
짧은 리치의 주먹과 안짱다리
항상 허공을 헤매는 마음만
성급하게 상처로 되돌아온다
혼자 밥을 먹고
혼자 격투기 연습을 하고
아무렇게나 쓰러져 홀로 잠을 잤다
누렁개는 서서히 어두워지는
공단의 하늘을 노려보았다
어떤 냄새는

기억조차 희석시켜 버린다
쇠사슬의 거리만큼
기억이 묶여 있는 동안
날선 쇳가루는 목소리마저 철거시켰다
나는 왜 여기 서 있는 것일까
입안에서 자꾸 마른 침이 흘러내린다
핏빛으로 내려앉는 하늘 한 자락을
물어뜯기라도 하려는 듯
온몸을 잔뜩 웅크린 채
누렁개, 튀어 오를 듯 말 듯

새

노래하지 않는 새는 새가 아니다
혀가 잘린 새는 새가 아니다
새장 속에서
하루 종일 먹이만 축내는
새는

이 가지에서 저 가지로 걸어간다
날지 않는 새는 스스로 먹이를 구하지 않는다
공원의 그늘에서
하루 종일 조롱만 일삼는
비만의 새는

나의 변덕이 새를 그렸다 지운다
짱짱한 여름햇살이 테이블을 달구는 오후
새우깡 한 봉지 들고
새를 호명해 본다
놀자, 놀아 보자 새들아
새끼들아, 같이 놀자

서
례
임
운동 례 임
오훈 례 임

밥이 힘이다

식탁 위에 놓여진 밥 한 공기
힘내라 힘
어머니 말씀이다
그 말씀이 나를 살게 했다

밥 먹기를 포기하는 놈은
내 아들이 아니다
배 터지게 먹고 힘내서
살아서 싸워라
싸움도 힘이 있어야 싸운다
그 말씀이 나를 울린다

먹어도 뜨거울 때 먹어라
뜨거운 밥알이 입안을 가득 채울 때
용기는 뜨겁게 온몸을 달구어 낸다
밥이 힘이다

밥 먹기 싫은 놈은

차라리 죽어 버려라

죽지 못해 사는 놈은

진정한 밥을 먹어 보지 못한 것이다

식은 밥도 꼭꼭 씹어 삼키다 보면

달디 단 눈물의 밥이 된다

밥이 사랑이다

밥이 희망이다

용접공 일기

파란 불꽃이 일렁이는 문래동 골목에서
파란 눈의 모하메드가 용접을 한다
쇳덩어리와 쇳덩어리의 사이
겨울은 빨리 와서
돌아가야 할 날들을 재촉하지만
보호구 안경에 비치는 불꽃은 차갑게 빛나고
문득 그리운 이름들이 떠올랐다 사라진다
용접봉이 작아질수록
차가운 살과 살은 한 몸이 되지만
쿨럭이는 모하메드는 알고 있다
쇠와 쇠가 만나 한 몸이 되기까지
얼마나 많은 눈물과 용서가 필요한 것인지,
용접봉은 자신을 태워 상처를 꿰맨다
봉합된 상처는
작은 충격에도 쉽게 균열이 가고
사소한 눈빛도 때로는 비수가 되는 겨울
공업사 작업장에 쪼그리고 앉아
새파란 모하메드가 용접을 한다

철장 속에 갇힌 새가 모이를 쪼듯
가끔씩 이국의 하늘을 올려다보며
안다, 돌아가고 싶어도 아직은 갈 수 없는
새끼손가락을 잃어버린 모하메드
설움과 미움을 불꽃 속에 던져 넣으며
겨울 문래동 골목은 날마다
새로운 희망을 낳고 떠나보낸다

이상한 식물원

유리온실 밖에서 바라보면 항상 안이 갇혀 있다
참주름조개풀이 갇혀 있고
노랑앉은부채가 갇혀 있고
참비비추, 중의무릇, 느리미고사리, 개싹눈바꽃이
갇혀 있다
갇혀 있는 꽃들은 까치발을 하고 세상과 눈을 맞춘다

유리온실 안에서 바라보면 항상 밖이 갇혀 있다
딱딱한 태양이 허공에 갇혀 있고
산과 강이 갇혀 있고
젊은 연인들의 저녁과 나팔소리까지 갇혀 있다
갇혀 있는 마을의 아이들이 갇혀 있는 꽃들과 눈을
맞춘다

참 이상도 하지, 갇혀 있는 것들이 곱기도 하지
유리에 매달려 입김 호호 불어 대며
유리에 비친 모습이 제 모습인 줄도 모르고
아이들이 유리를 닦는다
꽃들이 유리를 닦는다

재미난 놀이

가구들이 빛을 내기 시작했다
물기 머금은 채
떨고 있는 가구들을
나는 닦고 또 닦는다

비는 좀처럼 그치지 않았다
가끔은 반지하 창턱 넘어
어두운 방 안을 넘보기도 했다
내 손은 이미 젖어 있다

우기가 시작될 때마다
나는 깨끗한 걸레를 준비했다
한 뼘밖에 안 되는 집의 온기를
곰팡이와 얼룩으로부터 훔치고 싶었다

이건 비와 둘이서 즐기는
그저, 재미난 놀이다
죽어라 죽어라 바닥을 닦는다
가구들이 빙그레 웃었다

두더지 오락 게임

방망이를 들고서
죽어라 두더지를 내리치지만
죽어라 내리쳐도 죽어라 살아나는 두더지
어디서 저런 생명력이 생겨났을까
여보세요, 아파, 아파 소리치지만
그래 차라리 날 죽여라, 쥑여라 깡다구를 부리지만

이웃집 부부는 오늘도 싸운다
보너스를 타지 못한 사람들이 내지르는 발길질
부서지는 것은 물건들뿐이다.

아름다운 발성發聲을 위하여

1
구름은 구름
말뚝은 말뚝
염소는 염소
풀은 풀
지렁이는 지렁이

2
소리에도 뼈가 있다는 말 참말 같애
소라껍질 속에서 기어 나온 계집애가
속삭인다, 철썩철썩 내 귀빰을 부드럽게 갈기며

3
내 목소리는 카세트테이프 속에 감금되었다
입에서 외출한 소리는 다시는
입으로 귀가하지 않는다
사람은 인간의 동의어 반복이다

자정의 바다

물길로 쓸려 오는 파도 속에서 배들은 육지로 육지로 목을 늘이고 못살겠네, 누가, 이, 한밤, 아코디언을 켜는 걸까 그 슬픔의 음률을 파도에 실어 내 출항의 돛폭을 찢어 놓는 걸까 까르르 까르륵 내 꿈의 섬들이 미친 듯 웃어 젖히면 정점頂點.

내 팽팽하던 근육은 일시에 수면睡眠의
바닷속으로 곯아떨어지고 만다.

산동네에서 꿈꾸는 모닥불

얼마나 더 기어올라야
별빛들은 창을 두드릴까
마지막임을 스스로에게 다짐하던 날들도
언제나 새로운 출발이었지만
바람조차 허리가 굽어지는 곳
희망이 저 별빛처럼 아득하니
절망인들 쉬울까
이러다간 동굴을 파고 살던 시대로
거슬러 가는 게 아닌가 싶다가도
장판 밑 꽃씨를 꺼내 날리며
내려다보이는 낮은 도시의 불빛처럼
온 가족이 둘러앉을 모닥불 하나 꿈꾸다.

그날 아침

햇살이 내비치지 않는 아침은 불안하기도 하다
그가 출근을 서두르고 있을 때
뜻하지 않게도 거실바닥을 울리며
전화는 걸려 왔다
가끔 직감이란 스스로를 놀라게도 하는 법이지만
귓밥이 톱톱하게 쌓여 있는 그의 귓가
선명하지 못한 목소리는 부고를 알렸음
그런 것이 과연 죽음이라 말할 수 있을까
죽음이란 인생의 화려한 은퇴이자 재활再活이라고 말
하던
그의 친구는
이제 고인故人이 되어 버렸어
믿을 수가 없었지, 믿을 수 없는 일들이
종종 그의 판단 능력을 비웃곤 했었지만
구름이 낮게 드리워진 거리로 뛰쳐나가며
이렇게 버석거리는 보도블록 끝에서 확인해야 할 것
들이
끝내 누군가의 죽음이라면 생각했었지만

단정하지 말자
쉽게 내려진 단정 뒤에 오는 허무함을,
고층 빌딩들이 무수한 햇살을 가리는 거리는
너무 많은 연극의 무대가 되어 버렸고
누구나 쉽게 배우가 되어 버렸으므로
그런데 날아가 버린 한 새의 영혼이
안주할 새장은 또 어디에 있단 말인가
그는 망설임이 가득 찬 미로를 헤매다
온라인으로 부조하고 말았지만
교통할 수 없는 먼 거리에서
폭풍경보가 울리고, 그가 내린 결론도 그렇지
이 도시는 언제부터
햇살을 감추기 시작했을까

별이 뜨지 않았다

간식으로
씨 없는 수박
씨 없는 포도를 먹고 자는
여름밤에는
달디 단 꿈속에서조차
별이 뜨지 않았다
씨알 같이 많던 그 별들은 모두
어디로 사라졌을까

섹스를 하지 않고도
임신이 가능하고
우량종자로 판명된 자들만 살아남아
대량 복제될 것이다
불량품이거나 열등 인간들은 멸종될 것이다

그 날 밤
과일 속에 박혀 잠이 든 나는
아이들 입에서 자꾸 뱉어지고 있었고

쏀기 터미에 서여
쏀기 흐지장으로 실려 가는
모등 ㅠ엉다.

도배

아무렴은 어떠냐는 나의 물음에
하루를 살아도 깨끗이 살아야 복福이 들지
어머니 음성은 젖어 있었다

도배종이를 자르고
풀칠을 하고
문득
집과 함께 철거되어 집을 지키신
아버지 환영을 보신 것일까
불경을 외신다 나직한
나무아미타불

함박눈이 세상을 가두었다
창문 없는 방은 몸살을 앓고 있었고
쿨럭일 때마다
밀가루 풀은 잘 붙지 않았다
욕된 삶을 척척 칠해서
먼저 살다 간 세대의 슬픔 위로

바르며
반쪽의 꽃들을
천장에서
바닥에서
맞추고 고치고

그리움이 저물어 가는 밤
어머닌 바람을 재우고 싶으신 거야
문풍지 바르신다
처마 끝에서는 제 몸무게를 이기지 못한
눈들이 스스로 추락하는데
기쁨은 기쁨끼리
슬픔은 슬픔끼리
방 안 가득 생활生活의 꽃을 피우고 있다

나무 시장

어제는 백일홍
오늘은 주목이 팔려 갔다.
애당초 그런 운명이었다.
막연한 풍문들은 언제나
불확실한 미래보다 확실한 사실임이 증명되었다.
1톤 트럭에 실려 마른 손을 흔들던 앵두는
앵두 같은 눈물을 떨구며 말했다,
미안해 미안해, 나만 가서.
작지만 당당한 회양목이 머리칼을 곤추세우며
날카롭게 소리쳤다. 웃기지마, 이제 영원히 박제된
영혼으로
꽃혀 살게 될 거야. 그 비웃음을 비웃듯
그 또한 팔려 가고 말았지만
누가 알 수 있으리,
빈자리는 채워지기 위해서 존재하는 것.
남겨진 우리들은 바람의 그네를 타며
늦은 꽃망울을 터트리거나
그늘에 앉아 오지도 않을 편지를 기다리곤 했다.

행복하다고 일기장에 적은 날도 있었다.
단풍나무와 목련의 화려한 응원을 받으며
느티나무와 잣나무는 씨름을 하고
산수유를 짝사랑하는 애늙은 노린재나무가
응달에서 담배연기를 품어 올릴 때
얼마나 많은 벌과 나비들이 탬버린 치며 겨드랑이를
간지럽혔는지,
키 큰 포플러가 부는 하모니카 속에서는 또
얼마나 많은 햇살들이 깔깔거리며 튀어나왔는지,
만국기가 없어도 우리는 하루 종일이 운동회였다.

말쑥한 신사와 귀부인이 나타날 때마나
다투어 입을 삐죽거렸지만
우리는 서로의 가슴속까지 모든 것을 알고 있었다.
누구나 진저리치며 탈출을 꿈꾸고 있었다.
지난여름 태풍에 한 팔을 드러낸 독일 가문비는
뒤꼍에서 울고
끝내 산수유가 떠나는 오늘

아무렇지도 않은 척했지만 못 마시는 낮술에 취해
노린재는 제 가슴을 얼마나 쥐어뜯었는지.

상처만이 알 일이다. 산다는 것은
외로움에 스스로를 단련시키는 일임을,
익숙해지는 일임을.

바다 건너로 떠나기 전날 밤
푸르고 고요한 눈빛을 형형 빛내며 소나무는 말했다.
나 지금은 뿌리째 가지만 지울 수 있을까,
　쓸쓸했지만 때로 부드럽게 감싸 오던 이 흙의 기억
을 내음을.
　그리고 다시 돌아올 수 있을까,
　날 버렸지만 언제나 내 뿌리의 집인 이 땅을.

눈물을 참기 위하여 고개를 들었을 때
그때 별똥별이 지고 있었던가, 그랬던가.
우리는 새끼손가락을 걸었던가, 그랬던가.

그리하여 그 아픈 기억이 우리를 살게 하는 힘이 되었던가, 정말 그랬던가.

연금 생활자

이불 속의 허리를 외로 꺾은 채
노인은 중얼거렸다
일요일 아침의 도발은
일거에 잠의 경계선을 무너뜨리며 침투해 온다
수십 년 동안으로 굳어 온 잠의 단단함이
굴삭기 굉음에 유린되고
한 번도 닦지 않은 유리창 속
성탑聖塔이 조금씩 기울어 보인다
믿기지 않는 일이란 너무도 많다
그래서 아무도 놀라거나 자빠지지 않는다
믿을 수 없는 일을 믿는 게 생활이었다
라면 사재기도 집을 팔 궁리도
적금 해약도 하지 않고
모든 일요일의 잠은 평화와 안식으로
성을 쌓고 있으리라
노인은 그것이 불만이었다
왜 자신의 기억만이 늘상 반복되는가
점점 견고해지는가

헌 단단함이 새 단단함에 구멍 뚫리고 있다는 조바
심이
늙은 귓구멍을 들락거리는가
이불 속의 이불을 외로 꼰 채
귓구멍을 이불깃으로 틀어막은 채
노인은 외마디 비명을 내지른다

나는 헛살았다, 헛살아
나는 헛살았다, 헛살아

고기가 있는 아침 식사

추워라
영하의 아침 문(門)을 열면
추위는 먼저 코끝에 걸려 있어라
친구와 마주 앉아
아침을 드네
아침은 아침은 추워
누구나 게으름 피우고
친구는 주머니 털어
고기를 굽네
속이 놀라면 어쩌나
설사라도 하면 어쩌나
고향은 멀고
방 안의 자리물조차 얼어 있는데
눈물나네 이 아침
배우고 싶어 난
원쑤 같은 원쑤 같은 돈
고기를 구워 먹으면
아득히 풀려 나오는 시름

추워라
고기를 먹을 땐 소주가 최고라고
먹어 먹어, 취하겠네
이 아침
세 번 휴학休學한 친구
취해 버리겠네

조용히 사라져 버릴 수 있어

가만, 사랑아
오래도록 나는 너를 원하였다
능선에 떨어지는 햇살 등지고
귀 익은 목가 흥얼거리며
순결한 혼례를 꿈꾸는
강, 강의 이름으로
사라지는 너를

그래, 사랑아
오래도록 나는 너를 미워하였다
패랭이꽃은 패랭이꽃대로
붓꽃은 붓꽃대로
바람에 온몸을 내던져 사랑했지만
나는 나대로
자신도 사랑하지 못하면서,
너의 중심이고자 했다
전부이고자 했다

이제, 사랑아

아직 사랑이라 부를 용기가 남아 있을 때

조용히 사라져 주마

우리의 여정이 끝나지 않았기에

이것마저도 가면이라고

속살거리는 바람의 화살

그 앞에 과녁으로 버려질지라도

온전치 못한 사랑법

슬픈 얼굴 지우며

푸른 너의 기억과 소심한 나의 기억에서조차

조용히 사라져 주마

안녕히

폭풍

1
저 멀리 구름이 간다
바람이 간다
강물의 허리띠를 풀어 헤치며
달려드는 폭우
노인은 그의 인생을 달려
방천을 막지만
저것 봐 저것 봐
가발처럼 벗겨져 나가는 지붕 아래
필사적으로 웅크린 오누이

살아 있는 것
죽어 있는 것
대대손손의 믿음마저 쓸어 가 버리는
저게 무어야
저게 무어야
술 취한 날 밤 밥상을 뒤엎는
아버지처럼 오는 저것은

무어야 무어야!
속절없이 어머니의 머리채를 쥐어뜯는
저것은
저것은

2
무너지네요
기어코 무너져 버리네요
울타리를 축사를 부수며
물밀듯이 정말 물밀듯이
몰려오는 저 물들의 상륙작전
잠만 주무시는 아버지
어머니 그렇게 울지만 마시고
어떻게 좀 해 봐요
물이 차올라요
배 속에 물이 가득해요
저 저 할아버지 목침이!
필통 내 도시락 통 누이의 반짇고리

꼬르륵 살고, 살고 싶어요
올라설 지붕도 날아가 버렸지만
지푸라기라도 잡고 싶어요.
아버지 잠 좀 깨요
어머니 고만 울어요
물이 불어요
아아 정말 죽고만 싶어요

3
쓸려 갈 것
쓸려 가지 말아야 할 모든 것들이
썰물처럼 가 버리고 나면
쑥대밭 밑 숨 막히는 고요가
고개를 든다 신기하게도
어디에 숨었다 날아왔는지
슬프도록 노오란 나비 떼 꽃을 찾고
우리들은 지난 일을 이야기하지 않는다

저것 봐?
무섭도록 파아란 하늘
무서워 무서워
이젠 집터를 찾아야지
삽과 괭이를 들고
아직도 축축이 젖어 있는 기억의 앙금을
햇볕에 널어 말리고
캐어 봐야지
무엇이 남았나
더듬어 봐야지

2부

춤추는 많은 사람

저녁 고행苦行

철봉대에 거꾸로 매달려 텅 빈 운동장을 바라보는
아이의 눈빛이 핏빛으로 물들어 있다. 집으로 돌아가
던 비둘기, 그걸 보고 막 떨어지는 해를 물어 올리려다
떨어뜨리고 만다. 지나가던 바람이 합장合掌을 한다.
은행잎이 화르르르 무궁무진의 공간 속으로 흩어져 날
린다.

모든 것이 찰나 속에 살고 있는 저녁.

배꼽

1
아주 늙은 낙타를 타고 사막으로 가네
사막의 사랑은 늘상 아주 차갑거나 뜨거운 것이어서
끝없이 화장을 바꾸며 자신을 감추지만
모래바람 언덕에 잠시 쉬어 귀 기울이면 들린다네
얼마나 많은 발자국들이 묻혔는지
얼마나 많은 노래들이 바람을 살찌게 했는지

2
아주 늙은 낙타를 타고 사막으로 가네
여인은 나고 자라 다시 사막으로 누운 채
목이 마를 때마다 전설을 들려주네
나는 슬픔과 눈물의 여인
하늘이 온통 유채꽃으로 피는 밤 선인장과 전갈을
키우지
사막의 영혼들은 결코 잠드는 법이 없다네

3

아주 늙은 낙타를 타고 사막에서 오네
끊어졌다 이어지고 이어졌다 끊어진 길의 흔적을 찾아
미라의 여인은 또 누군가의 유골을 가슴에 묻고
꿈을 꾸듯 열사의 바람으로 무너지는 것이네
내 속에 지독한 사랑이 들어 있지
한 번 보면 벗어날 수 없는 신기루
정념도 애욕도 그 환영의 아들딸이라네

4

사막을 나오자 낙타가 사라졌다
그 자리에
아주 오래된 우물이 바닥을 드러낸 채 말라 있었다

옛집

　천안, 대전, 정읍······ 이런 이름표를 가슴에 달고 화물차들은 출발선상에 잔뜩 웅크리고 있다. 취기여, 오래도록 이 녹슨 몸뚱이를 붙들고 있어라. 군용담요를 휘감은 노인의 몸이 부르르 떤다. 어디든지 갈 수 있다고 믿던 시절이 파문당한 종교가처럼 버려져 있다. 이 한낱 육신은 제물祭物도 되지 않더군. 화물차 엔진 소리에 묻혀 노인의 중얼거림은 들리지 않는다. 편도의 골목에서 기다림은 의식儀式처럼 정결하지만 노인에게는 이미 권태와도 같다. 화물차의 안개등과 노인이 기대고 있는 전신주의 가스등, 그리고 으르릉대는 화물차들의 진동음만이 이 골목의 주인이지만 영원히 당도하지 않으리라고 믿었던 바로 그 순간에 기다림의 순서는 실현되는 것인지도 모른다. 그렇다고 노인은 생각한다. 그런데 오호, 안개와 함께 서서히 물러가는 저 아침의 환영, 검고 거대한 바퀴들이 팽팽한 긴장을 토해 내는 그 순간에 그토록 멀어지고 싶었고, 그를 그토록 먼먼 변방으로 떠돌게 했으며, 그를 그토록 몸살 나는 애련으로 병들게 했던, 그의 집, 콘크리트 자락을 부수며 솟아오르는 추억의 옛집을.

　먼 먼 기억 속에만 사는 그대.

　믿음이란 깨어지기 위해 존재한다. 거울처럼. 슬프
지 않은가.

　아침이 다 지나가도록 죽음은 발견되지 않고, 평생
이 걸린 노인의 귀향은 인정되지 않았다.

춤추는 정원사

1
내 조그만 창을 열면 사해四海에서 부는 바람
이슬은 나무와 꽃과 엉겅퀴풀들의 뺨에서 떨어지나니
그 흉중에 떠오르는 악보를 들여다보아라

열두 개의 계단마다 화분
한낮의 햇볕에 영글은 사랑으로
흙의 가슴을 열어 파종을 하면
은하수 치렁한 삼단의 머리카락
깃털처럼 부드럽고 가벼운 손길을 내밀어
별처럼 반짝이는 꽃말을 다네
그렇게 밤은 찾아오네
정원 속에서 꽃들이 피어나고 꽃들 속에
작은 하늘이, 탬버린을 치며 날아드는 벌떼여
이 작은 숲의 왕궁 안에서 모든 사물들은 자유로워
안개조차 그 거대한 신전神殿의 기둥을 거두었다네
바위틈마다 고인 침묵
참을 수 없는 외로움은 흘러가네

아무도 웃자라거나 으스대지 않으며 싹트나니
그들도 검은 몸을 일으켜
행복의 왈츠를 춘다네

내 마음의 평화 할렐루야

2
서로가 서로를 미워하지 않았으면 좋으련만
서로가 서로를 하인이라 부르지 않았으면 좋으련만

폭풍과 번개의 연합 작전
고개를 숙이지 않은 자 사라지리라 하네
나의 의붓어머니이신 비바람이여
멈추어 주세요
그 노여움의 손길을 거두어 주세요
양털구름, 솜털구름, 염소구름
아아 나의 청춘의 먹장구름
어린 나에게 제발

증오의 칼을 던지지 마세요

서로의 뿌리가 튼튼하지 못했다
서로의 어깨가 따뜻하지 못했다
우리들의 나이테는 제 안으로만 사랑을 키워 왔다
셀 수 없이 많은 신들이 환생하였지만
내 마음은 폭풍의 중심처럼 고요하다

절망의 이복형제 희망은 어디 있습니까 할렐루야

3
헬리콥터의 프로펠러는 고장 중
이륙과 동시에 추락하는 코스모스,
아 그렇게 목만 댕그라니
자유를 사랑하는 불란서 혁명가들처럼
아버지에 의해서, 형제에 의해서
쓰르라미 울음 속으로 유유히 걸어 내려가는
붉은 꽃씨들, 흙은 말없이 몸만 뒤척이고

쓸쓸한 축제여
모든 희망을 거두기에 석양은 너무도 아름답다
어둠의 집으로 석양이 사라지면
유형을 떠나는 라스콜리니코프의 콧수염처럼
어둠이 뜨락을 지배한다.
히말라야산 소나무 아래 나는
현 뜯겨진 바이올린을 켠다

나는 내 연장을 묻네 할렐루야

이상한 집착

시집을 거꾸로 읽는 버릇이 생긴 것은
시내버스 때문이었다
플라타너스 잎들이 풍만한 몸뚱이를 바람에 내맡길 때
야구장으로 가는 버스는 유난히 호들갑을 떨었고
야구장 근처가 집인 나는
시합이 있는 날마다 약속시간을 맞추지 못했다
흔들리는 버스 속에서는
세상이 언제나 흔들려 보였고
내벽에 매달린 요염한 여배우가 흔들렸고
흩어질 듯 흩어지지 않으면서 활자들이 흔들렸다
때로 같은 버스 속에서 같은 목적지를 가는 사람들을
만날 때가 있다 그들이 두려워질 때가 있다
속도가 만들어 내는 탄성과 관성에 아랑곳하지 않고
점수와 좋아하는 팀과 선수들만이 화제인 버스 안에서
나의 무료함이 할 수 있는 일은 시를 읽는 것
그런데 이상한 일이었다
아우성과 입김과 삐걱거림 속에서도
나의 눈은 시를 읽어 냈고

읽어 낸 시들은 흔들리지 않았다
그리하여 나는 이상한 변명을 하는 것이다
때로 같은 버스 속에서 다른 목적지를 가는 사람들을
만날 때가 있다 그들이 부러워 보일 때가 있다.

10월의 붉은 저녁

강은 언제나 눈물을 닮아 있네
수심 깊은 곳에서부터 밀려오는
저 잔잔한 물그림자 보아라
눈가마다 억새들은 흰머리 쓸어 올리고
그 위 세월의 변경에서 흘러온 구름이
세상천지를 불태우고 있지 않느냐
따스함이 그리웠다
안부 편지 하나 없는 날들이
낙엽처럼 떠도는 거리를 걸어서
다다른 여기는 허망의 종점
이제 침몰로 가는, 그리하여 침묵으로 가는
그리움의 마지막은 달빛들로 환하다
검은 외투조차 처음인 듯 황홀하게 나부끼고
바람은 흔적도 없이
그의 궁전으로 돌아가 버렸다
어떤 눈물이 즐거운 위안이 되겠느냐
길이 끝난 곳에서
세월의 노예가 부를 수 있는 노래란

닳고 닳아빠진 사랑가거나, 망향가거나, 한탄가거나
아니다 아니다
부정에 못 박고 부정에 못 박고
피 흘리는 저 저녁의 중심에서 터져 나오는
환한 강물의 울음소리
눈물은 언제나 강을 닮아 있네

바람을 노래함

그녀의 목소리는 비눗방울 같다 불면
포도 위를 가볍게 날아올라 빌딩 숲 너머
구름의 궁전에 닿을 듯싶다 그녀는
얼음으로 된 과자를 먹는다 손톱에서는
붉은 장미가 탐스럽게 자라고 눈에서는
끊임없이 광천수가 흐른다
아, 이 팔월의 아침을 누가 불러왔을까

그녀는 삐걱이는 마루 위를 걷는다 계절이
풍금을 울리며 치맛자락과 춤을 춘다 어느새
짧았던 머리카락이 깊은 숲을 이루고
미루나무처럼 늘씬한 그녀의 흰 다리 사이에서
뭉게구름이 포르릉 포르릉 날아오른다
그때마다 그녀의 정원 한 켠에 자라던
사과나무에서 지구가 떨어져 내린다
아, 이 구월의 정오는 어느 강에서 저무는 것일까

금박의 책장을 넘길 때마다 잘 그은 낱말들이 툭툭

떨어져

흙의 까실한 표정 속으로 들어간다 또 한 폭

풍경화를 끝낸 붓이 물통 속에서 침묵하듯 하나둘

사방은 입을 오므리는 소리로 환하다 그녀는

그네 위에서 주름치마의 주름가닥을 헤아린다 햇살은

선운사 단청처럼 야위어 가고 엽서가 되돌아온다

수취인 불명을 바라보는 그녀의 눈 속에 활활 불길

이 번진다

아, 이 시월의 저녁은 무슨 그리움으로 등불을 내거

는 것일까

그녀의 입속에 새는 둥지를 틀고 있었다

아침부터 저녁까지 그칠 줄 모르고 노래하던 새

새들은 모두 어디로 날아가 버린 것일까

새로 태어난 별들이 시리다고 시리다고 아우성치는

이 한 밤

그녀는 꿈을 꾸는 것일까 늙어 가는 것일까

통나무 의자에 앉아

읽던 책을 덮는다 그녀는 입을 다문다
바스락 바스락 야위는 소리로 세상이 환해 온다
아, 그런 걸 아름다움이라 말할 수 있을까

흘러가는 불빛

밤차를 타고 가다 보면
불빛이 흘러간다
흘러가는 것이 불빛뿐이겠는가마는
흘러가는 것은 그가 아니라
차창 가에 흔들리며 가는 나이겠지마는
문득 나는 울고 싶어진다
기적소리보다 더 슬프게
목을 놓아 울고 싶어진다
대체 세월은
어디쯤 지친 몸을 쉬고 싶어 하는 것인지
내가 아는 것은 단지
내가 흘러가고 있다는 사실뿐
어디쯤 쉬어야 한다는 것을 모른다
밤차를 타고 가다 보면
내가 흘러가는 것이 보인다
초점 흐린 눈빛으로
흘러오는 불빛들이 보인다
세월아, 거기 어디쯤
따스함이 머물러 있지 않느냐?

우산을 접다

무덤으로 가는 통로 같은 지하도 입구에서
노인은 문득 진저리를 친다
푸드득 하고 무슨 소리를 들었던 듯도,
빗방울 몇이 그의 성긴 머리카락으로부터 떨어져 나와
힘겹게 통로 바닥을 적신다
검게 염색한 그의 머리카락이 회색빛으로 변주될 무렵,
검은 우산의 허리를 꺾으며
다시 문득 진저리를 친다
어떤 생生이 이렇게 차곡차곡 접힐 수 있을까
은빛 우산살의 마디를 갈무리할 때
노인의 검버섯 핀 야윈 손이 따라 꺾인다
정리 정돈된 인생이 책 속에만 있는 것은 아니야
홀쭉한 입은 중얼거렸는지도,
휘어지고 녹슨 몸으로도
팔월의 햇볕과 억수장마를 충분히 견디어 냈으니
그렇게 말하려고 입을 오므리는지도,
이윽고
작은 하늘이 손아귀로 빨려 들어가 접힌다

한 세월을 말아 쥔 사람이
무덤으로 가는 통로 같은 지하도 입구로 사라진다

희망 여인숙

읍에 사는 그 누구도 기억 속에서 이 이름을 추방시
키지는 못하리라
희망이 허망으로 발음되는, 작지만
고색창연한 역사와 전통을 자랑하는
이 여인숙을 찾는 것은
단지 당신의 보폭과 보폭 사이를 흘러가는 바람의
문제이다
이방인인 당신이 의문의 눈빛을 빛내기만 하여도
노파는 꺾인 허리로 당신을 안내하게 되리라

읍내에 사는 그 누구도 추억을 가지지 않은 자 드물
리라
누구는 군대 가기 전날 밤을 뜬눈으로 지새우기도
했고
누구는 도시에서 흘러온 낯선 여자와 우연히 사랑을
하기도 했으며
인근 촌村에 사는 중늙은이 농부는 농약을 마시고 자
살하기도 했지만

담쟁이 넝쿨이 사방팔방으로 뻗어가 지붕을 덮고 있고
  빨갛고 푸른 크레용 낙서들이 담벼락을 허물어뜨리
고 있는
  매년 새로 한 벽지 속에 숨어 사는 전설에 비하면
  역시 그것들은 아주 사소한 일에 불과하다고 할 수
있다
  기억이란 언제나 겹치는 낡은 필름 같은 거니까 말
이다

  읍사무소에서 철거명령을 내렸을 때
  그 앞을 지나던 사람들은 혼잣말을 하였다
  영원한 것이라곤 없지 그래, 사라지지 않는 것이란
없어
  읍 사람들에게는 추억의 명소나 기념관뻘 되는 곳임
에도 불구하고
  보호받아야 마땅하다고 아무도 주장하지 않았지만
  서까래가 드러나고 구들장이 치부처럼 파헤쳐지자
  사람들은 모두 약국이나 술집으로 달려가고 말았다

훼손된 기억의 숲에서는 날짐승들이 날뛰고
날개 꺾인 새들이 부리를 진흙 속에 박으며 떨어져
내렸던 것이다

희망 여인숙,
이제 거기서 자 본 자만이 이렇게 말할 수 있을 것이다
희망은 있는가
희망 여인숙은 없다
희망 없던 날들의 밤에 쫓기듯 숨어들던 뒷골목도
삐그덕거리던 쪽문도 섬찟하던 초인종 소리도
없다, 없어 단지 폐허에 널브러진 기억의 잔해뿐
행여 당신도 희망 여인숙에 대한 추억을 가지고 있
는가
잔뜩 웅크린 채 초라한 당신의 모습을 당신 스스로
발견하던 그 아침을

늙은 추억

— 조화造花

나는 백 번을 이렇게 쓰네
누가 누구를 사랑하였단 말인가
내가 그녀를 바라보았을 때
그녀는 유리창 속에 갇혀 있었네
한때 그녀를 사랑했었네
유리창 밖에서
매일 밤마다 꽃들은 피고 지고
죽은 이야기가 부활하는데
그녀만 지지 않고 있었네
또 꽃들이 하얗게 피고 지고
나는 천 번을 착각하며 살아왔네
그녀의 환생을 믿었었네

추억이 없는 집 1

열두 시가 다 되어도
아무도 들어오지 않는다
일부터 백까지 세다가
백부터 일까지 역으로 세다가
헤아려도 헤아려도 줄어들지 않는 것이
별이란 걸 깨달았다 혼자 먹는 밥은
언제나 허기로만 차오르고
마감 뉴스는 저 혼자 일상적으로 하루를 마감하는데
급박하게 계단을 뛰어올라오는 발자국 소리
그것은 언제나 목젖 근처에서 사라진다
자정 넘어
안으로 안으로 빗장을 걸며
나는 다 돌아간 테이프처럼 침묵한다
내가 집을 지키고 있는 것일까
아니면 집이 나를 가두고 있는 것일까
나는 항상 따뜻함이 그리웠다

어느새 지쳐 잠들었다가

소스라쳐 깨어나면 쏟아지는
햇살, 햇살의 무리들 손바닥만 한
창문이 내 아침 하늘의 전부였다
그런데, 누군가 자고 간 흔적이
남겨져 있다 동굴처럼 입을 벌리고 있다
누구였을까
늘 바쁜 나의 형제들이었을까

가만히 동굴 속으로 비집고 들어가 본다
똑똑, 똑, 똑
그 안 어디에선가 소리가 들린 듯도 하다
눈물 흐르는 소리
그 따뜻한 눈물의 소리가 내 몸을
살며시 감싸 안는다

추억이 없는 집 2

아무리 빨리 걸어도 집은 너무 멀리 있었다
구름이 달을 가린 칠흑의 유년
언제나 골목엔 사나운 개들이 짖고 있었다
널빤지가 뜯겨 나간 대청마루 위의 할아버지와
도끼자루를 움켜쥔 아버지
어머니와 고모들은
삼십 촉 전등 아래서 호롱불처럼 떨고,
등 뒤에 매달린 필통 속에서
연필심 부러지는 소리가 들렸다
아무리 천천히 걸어도 집은 너무 가까이 있었다

거대한 산

물 좋다는 온천에 아버지 모시고 갔네
일 년에 두 번 명절 때만 오는 아들 따라
아버지 지리산 자락 온천탕에 몸 담갔네
황소 같던 등짝 가물어 쩍쩍 갈라지고
손등에 주름 골 깊었네
거기 내 어린 시절이 옹이로 박혀 있었네
얼굴 붉히며 탕을 빠져나오다 말고 보았네
아버지 거대한 산으로 탕 속에 잠겨 있었네
산맥은 찢기고 파헤쳐져 붉은 피 흐르고 있었네
한 평생의 시름들이 골짜기를 적시는 동안
이미 산 정상은 구름에 가려 보이지 않았네

겨울 들판에서

내가 믿음이라고 불렀던 것들이
하나둘 흔적을 남기며 무너져 가고
소리 없는 진폐의 겨울을 맞는 이 밤은
얼어붙은 구둣발로 찾아들어
얼마나 더 가슴 비우는 눈물을 뿌려야
비로소 나는 자유스러워질 수 있는가
그리움만 타는 샛강 언저리에도
계절의 수레바퀴는 상처를 남기며 굴러가고
삐그덕거리는 관절마다
바람은 여지없이 둥지를 트는데
발가벗겨진 나무들의 울음이
아프다 아프다 병을 앓고 고요한 마을
들 곳 없는 이방인처럼 쓸쓸하고
쓰러지고 싶은 마음조차 욕심이었네
살아가야 할 날들이 아득하므로
캄캄함 하늘은 생의 비늘을 떨구어 내는데
세상천지 풍경을 지우며
어깨 가득 진눈깨비가 찾아들어

발자국은 삽시간에 사라진다
그런데 나는 어디로 가는 걸까
어디로 어디로, 옹송거리며 잠들
잔뿌리 하나 기르지 못하고
낮고도 낯선 땅을 헤매는 걸까
잠들고 싶었네
작은 도토리알 같은 희망으로 꿈을 키우며
젖은 신발을 말리며
끝없이 살아남고 싶었네
버리면 버릴수록 빈 가슴 메꾸어 오는
슬픔을 안고서

할머니 무릎 베고 누워 듣는 별 이야기

1

모든 별들은 아이들 하나씩을 눈 속에 담고 산다 소
슬한 바람이 무쇠물고기의 이마를 스치고 지나는 산사
의 가을 밤 별들은 마을로 내려와 문간마다 문패를 써
놓고 간다 간혹 산 너머 개똥이와 아랫마을 순둥이처럼
이름이 뒤바뀌는 경우도 있다 그래서 대나무밭 근방에
서는 별들끼리 소곤거리는 소리가 들려오기도 한다

2

별똥별은 자신이 이름 붙여 준 아이가 불쌍해 운다
별똥별의 눈물이 눈썹 밑으로 뚝뚝 떨어져 내릴 때 달
의 가슴은 동그랗게 여위어 간다 성황당 느티나무 그
림자 짙어지면 별들은 더욱 초롱한 눈빛으로 아이들
이름을 호명한다 새벽녘 누군가 부는 대금가락을 슬며
시 지르밟고 오늘도 한 아이가 마을을 떠났다

3

별들은 아이들과 눈빛으로 대화를 나눈다 심장 박동

소리 커질수록 별빛 더욱 빛나고 별빛 빛날수록 아이
들 눈망울이 커진다 가가호호 글 읽는 소리가 담장 밖
으로 흘러넘칠 때 북극성은 호박꽃 옆에서 고개를 끄
덕거리다 간다 날이 밝으면 북극성을 닮은 아이가 책
가방을 들고 학교엘 갈 것이다 아이들은 저마다 별 하
나씩을 눈 속에 담고 산다

남대문 당나귀

남대문에 당나귀 한 마리 살고 있다는 사실을 아시
는지
남대문에서 명동 입구까지
세상 흘러가는 소리들은 큰 귀로 듣고
동그란 눈망울은 자동차 바퀴를 따라 굴린다지
등짝이 넓고 실팍한 정강이를 가졌으며
땅바닥에 무릎 꿇었다 일어서면
장롱이든 냉장고든
단숨에 세상을 들어 올린다지
한때는 지게 짐으로도 남산 중턱을 오르내렸다지
힘도 힘이지만 허리 쓰는 기술이 워낙 남달랐으니
쌀가마니 지고 소월시비 근처에 앉아 담배를 피워
물면
등줄기 휘감고 지나는 바람이 얼마나 시원했던지
한강 너머 멀리멀리 고향 내음에 절로 코도 벌렁거
려 보고
사십 년을 한결같이 상가 계단에 쭈그리고 앉아
반쯤 조는 눈으로 추억을 되새김질하다가도

막걸리 한 사발이면 어깻죽지와 장딴지에 흥이 오른
다지
비탈 오를수록 물 먹은 솜처럼 숨이 막혀 와도
아직은 리어카보다 등짐이 좋은
머리가 허옇게 센 당나귀 한 마리 남대문에 산다지
천생 남대문을 집으로 알고 살아가는 당나귀 있다지

춘설春雪

한강 당산철교 아래
눈이 내리고 날이 흐리다

남산타워가 지워지고
63빌딩과 국회의사당 둥근 지붕이 사라진다
저 눈은 쌓이기 위해 내리는 눈이 아니다
손에 닿으면 차가운 눈물로 녹아
손가락 사이를 빠져나가는 춘설春雪

빈 낚싯대를 강물 위에 드리운 젊은 태공은
담배를 빼어 문다 그의 등줄기가
활시위처럼 팽팽하게 당겨져 있다
그는 과녁을 찾고 있다
아니 그 자신이 한 점 과녁으로
사선에 웅크리고 있는지도 모른다

유람선보다 뱃고동 소리가 먼저 다가오듯
보지 않아도 알 수 있는 것들이 있다

불현듯 지난겨울의 아픈 상처를 털어 내며
순환선이 머리 위를 지나고
얼었다 풀린 강물은 시퍼렇게 출렁거린다
그 위로 투신하는 눈, 눈

날이 흐리고 눈이 내린다
어제는 오늘 반복되지 않으리라
오늘은 내일의 오늘로 이어지지 않으리라
아쉬움과 성급함 사이로 강물이 흐르고
당산철교 아래 춘설春雪이 분분하다

꽁치

등 푸른 바다가
통조림 속에서 출렁거린다
연안 섬들의 기억을 데불고
힘껏 지느러미질 치다
이제는 산란의 꿈을 접은 채
고요히 명상에 잠겨 있는
꽁치

냉탕과 온탕을 오가며 부르던
바다의 노래는 해초에게 주고
비린내 나는 추억만 데불고
소금물 속에 잠겨 있다
늘상 반복되는 삶은
토막 난 꿈의 연속이거나
잘 절여진 욕망의 부스러기이거나
잘려 나간 꼬리지느러미에 대한 회상
그래도 희망은 부패하지 않는다

누구는 대양을 보았을 것이다
두 눈 부릅뜨고
가장 먼 곳까지 헤엄쳐 가
아버지의 아버지로부터 이어 온
가난과 멸시의 기억을 떨치고
아가미 가득
푸른 숨을 불어넣었을 것이다

주문진항 어촌마을
양철지붕 때리던 빗소리 잦아들면
새벽마다 안개 데불고
바다로 향하는
등 푸른 사람 하나
산다

패스트푸드 2

자, 또 나를 먹어 치우시라
윤기 잘잘 흐르는 삶을 포장해
가장 빠르게 그대에게 배달해 드리리니

전자레인지 속에서
항상 나의 삶은 부풀어 오른다
유리 속에서 익어 가는
저 한 끼의 식욕, 식탐
먹어 본 자만이 안다
나는 눈물겨운 행복이다

3부

사부님,
출연하기 싫다던
중급 드라마다

숫돌은 푸르다

낫을 갈려면 숫돌에 갈아야 제맛이지요
부엌칼도 작두도 참나무 밑동을 찍어 내는 도끼도
날을 세우려면 숫돌만 한 것이 없지요
돼지의 멱을 따는 백정도
천 길 물길 뿜어 황천 배 띄우는 망나니도
칼을 갈아 본 사람들은 알지요
잘 세워진 날은
미명의 새벽처럼 푸르스름하답니다
숫돌의 독기가 스며들어서지요
백 년 천 년, 아니 수억 년 동안
돌 갈고 칼 갈고 마음을 갈아 왔지요
앞으로 얼마나 많은 시간을 갈아야 할까요
숫돌의 고독을 조심하세요
모든 숫돌은 우리의 단단한 상처니까요

갈대

추워서 떨고 있는 것이 아니다
해질녘부터 초승달이 뜰 때까지
들은 빈 가슴으로 속울음 울어 오지만
바람의 갈피를 뒤적거리는 이유
청춘의 뜨거운 온기들이 그리워
밤마다 강둑 위를 서성거리며
성긴 머리칼로 행장을 적는다

갑오년 십이월
누군가 피 토하며 피 토하며
절름발로 떠나던 날 밤
따라나서고 싶었네
푸른 이마
산내끼로 불끈 동여매고
사발통문 돌리는 산새들의 울음소리
츠츠츠 발목을 휘감는
마른 강물의 눈물자국만 아니었더라면

언제나 눈발은 생각보다 먼저 와 쌓이고
빈들마저 무릎 꿇고 나면
푸르른 것들은 모두 자취를 감추고
우우 부끄러워 고개 돌리는 것이 아니다
다시 바람의 갈피를 들추는 이유

누가 횃불을 붙여 다오
나는 뜨거워지고 싶다
대숲으로부터 벼락같이 터져 나오는
그날의 뜨거운 목소리
밑동만 남기고
나는 한 줌 거름이고 싶다

사무원, 몽상가처럼 중얼거리다

그는 장미넝쿨 우거진 정원에 서 있다
청동분수대에서는
아이들 웃음소리가 쉴 새 없이 흘러나오고
그가 직접 디자인한 대리석 기둥과 지붕은
햇살 아래 게으른 미소를 뽐내고 있다
높다란 담장은 항상 그를 안심시켰다
새장 속 구관조는
즐거운 인사를 건네 왔고
가끔씩 왈츠에 맞춰 스프링쿨러가 물을 뿜었다
내일은 흔들의자를 내다 놓아야지
그리고 워즈워드의 시를 읽으리라
하늘은 언제나 파랗고
그 아래 수영장에는 구름 몇 조각,
우체통은 비어 있어도 좋을 것이다
시건장치와
정원 구석구석을 비추는 카메라를
하인으로 거느리고
그는 왕처럼 인자하게 웃는다

아무도 퇴근하지 않는 주말 오후
사무원은 몽상가처럼 중얼거린다
누가 내게서 장미정원을 빼앗아 갔는가

82번 정거장

이곳의 주인은 먼지다
반쯤 부러져 나간 플라스틱 의자에
햇볕이 앉아 조을 무렵
굉음이 버스를 끌고 지나간다
그때마다 정거장은 깨끗이 비워진다
사람들은 모두 먼지를 내다 판다
하얀 마스크를 쓴 사람들이
검은 비닐봉지 가득 먼지를 담아 나른다
먼지에 절은 배추와
먼지를 먹고 자란 콩나물
심지어 먼지 두부는 이곳의 특산물이다
날마다 덤프트럭들이 먼지를 실어 나르고
아이들은 먼지를 마시며 학교에 간다

먼지를 팔러 나갔던 사람들이 돌아오는 저녁
82번 버스 안에서 조는 것은 위험하다
정거장을 그냥 지나치는 경우가 많기 때문이다
종점 못 미친 곳 82번 정거장

늦은 밤마다 먼지의 길을 따라
사람들이 먼지의 집으로 돌아온다
언젠가 한 인부가 죽은 채로 발견되었다
너무 많은 삼겹살과 소주가
그를 먹어 삼켰던 것이다

비 온 뒤
빵처럼 굳어 버린 정거장이
인부의 온기를 빨아들이는 동안
정거장은 무덤처럼 침묵했다
이곳의 주인은 무관심이다

시인에게

달도 뜨지 않는 그믐밤
여우가 굴 밖으로 나와 시를 쓴다
백년 묵고 천년 묵고도 완성하지 못한 시
단 한 편의 시를 쓰기 위해
여우는 서럽게 곡을 한다

한겨울에도 잠들지 못하는 호랑이
동굴을 빠져나와 시를 쓴다
마늘 묵고 쑥 묵고도 채 쓰지 못한 시
처음이자 마지막인 시 한 편을 위해
호랑이는 피 토하는 울음을 운다

처용도 시를 쓰기 위해 그랬을까
유랑이 또 다른 이름인 그에게
술 묵고 춤추고도 쓰지 못한 시
내 것도 네 것도 아닌 시 한 편을 위해
처용은 붉은 얼굴을 가리고 바다로 떠났을까

시가 쓴 여우
시가 쓴 호랑이
시가 쓴 처용

시 못 쓴 날 아침에는
어김없이
비 오고 꽃잎 진다

뻔뻔한 낯짝

심드렁하거나
야들야들 유들유들하거나
시큰둥하거나
허풍이 심하거나
헛기침이 많거나
말꼬리를 자르거나
엿기름이 진동하거나
대범할 때 소심한 척하거나
소심할 때 대범한 척하거나

밉상은 밉상인데
애면글면
그 모양이
장관인지라
진화하지 않은
유일한
호모사피엔스
나를 용서하라!

석 달 열흘

섬 항구 작은 배 밧줄
풀어 놓다 끌어당긴다

정육점

오늘도 고기는 새로 들어오지 않았나 보다
퇴근길 동네 정육점에서
김치찌개용 고기를 주문했다
늙은 정육점 여자는
붉디붉은 색깔의 고기를
냉장고에서 꺼내 커터기에 밀어 넣고
자른다 믿거나 말거나
고기는 오래될수록 붉은 법이다
사각사각 핏물 하나 없이 잘도 잘린
고기의 살점들이 검은 비닐봉지에 담긴다
오돌뼈니까 괜찮죠?
정육점 주인에게 고기의 뼈와 근육은
그저 조금 딱딱한 살점에 불과하다
툭 툭 칼날이 스치고 지나갈 때마다
해체를 거듭하는 살과 뼈들
한때 살들은 뼈를 단단히 붙들고
싱싱한 피톨의 강줄기를 키웠을 것이다
너무 얇지도 두껍지도 않게

비계는 적당히 붙은 걸로 주세요?
냉동고 안에는
성에를 가득 뒤집어쓴 채
돼지머리가 웃고 있다
붉은 색 형광전등 아래
거꾸로 매달린 어제의 기억은
분명 흐릿할 것이다
무성영화 속에서처럼
한숨인지 비명소리는 갇혀 있고
뚝 뚝 핏물이 칼날 위에서 흐른다

지금은 통화 중

막달라 안은 칩을 들어 핸드폰 케이스에 끼운다
공장 스피커에서는 크리스마스 캐럴이 울려 퍼지고
문득 생각난 듯 창밖에서 첫눈이 내린다
ㄱ ㄴ ㅏ ㅓ ㄹ ㅁ ㅗ ㅜ ㅅ ㅇ ㅣ ㅡ
미처 완성되지 않은 낱말들이
컨베이어를 타고 쉴 새 없이 흘러나온다
알쏭달쏭한 수수께끼를 맞히듯
막달라 안의 손가락은 부품을 찾아 헤맨다
숙달된 전문가는 본능적으로 행동한다
고로 모든 생각을 지워라
조회시간마다 작업반장은 입에 거품을 물었다
퉁퉁 부은 다리는 자주 주저앉고 싶어 했다
그럴 때마다
사막으로 간 큰아들이 보내 온 문자를 떠올리면
오아시스처럼 푸른 미소가 피어난다
사막에도 눈이 내릴까
초병은 그렇다고 고개를 끄덕인다

첫사랑에게 편지를 쓰는 설렘으로
막달라 안은 핸드폰을 조립한다

사육飼育 21

아이의 하늘은 사각형이다
늘 노란 커튼이 내려져 있는 안경 속에
별사탕처럼 박혀 있는 검은 눈은
어둠의 테두리를 탐욕스럽게 핥는다
시간은 묵은내를 풍기는 담요 아래
앙상한 종아리와 함께 구겨져 있다
다리미로도 펴지 못할 온기 한 줌이
한 평 방 안을 유지하는 유일한 평화다
오오 달디 단 침 냄새여 혓바닥이여

아이의 영양제는 먼지다
우유배달원이나 신문사 직원이 배달하는
바깥공기는 위험한 사상을 담고 있다
간신히 방범창에 걸러진
먼지 한 잔을 마시면
헝클어진 머리끝에서 오색실이 자라난다
손톱 끝에서는 날 푸른 면도칼이 돋는다
면도칼로 오색실을 자르는 놀이에 지치면

아이는 라면상자 위에 그림을 그린다
생식기를 빠져나온 빨갛고 파란 물감으로
한 번도 보지 못한
하늘과 땅과 바람과 햇볕, 실개천을
아이의 꿈은 항상 잠겨 있다
똑, 똑, 똑 누군가 방문을 두드린다

거기 누가 내 꿈을 꾸고 있는 거죠?

옻칠

흠을 메꾸자는 것이 아니구먼이라
구녁이 쪼깨 많은 놈들은 발쎄 냇비렸쥬
상품가치가 없응께
한 번 두 번 생칠을 하다 보면
오롯이 나뭇결이 되살아나는디
거 징하게 아름답쥬
어스름을 지나댕기는 바람 같기도 허고
묵내 진한 산수 속 절집 풍경소리 같기도 한 것이
드럽게 사람 맴을 끌어댕긴당께요
본시 칠은 거짓부렁이 없는 벱이고
여섯 번 일곱 번 칠하다 보면
자꾸 덧옷을 해 입혀쌌는디도
뽀얀 나무 속살이 칠흑 속에 어른거렸싸서
오매 징한 거 때깔 보소
수더분한 맏며느리 때깔
머리가 절로 수그러지네요 이
우리 할매 할아버지
제삿밥이나마 푸지게 잡숫고 가실랑가

옻독이 무섭간디요
잊히는 것만 못하지라
한 번 두 번 일곱 번
내사 얼골이 비칠 때꺼정 발르고 칠하고
지극도 정성이면 감천이랑께
그냥저냥 세월을 덧칠하고 있습지요 이

우울한 돼지들의 소풍

돼지들이 소풍을 간다
유치원 노란 버스를 타고

돼지들이 노래를 한다
귀에는 엠피쓰리 이어폰 하고

표정은 제각각
돼지들이 도시락을 먹는다

돼지들의 소풍 코스는 언제나 똑같다
남산식물원과 서울대공원 동물원

여러분, 재미있어요
예에-

돼지들의 합창이
오후 햇살의 어깨에 무겁게 걸린다

돼지들이 뒤뚱거리며 귀가를 한다
시립아동병원 뒷문이 쩔커덕 하고 닫힌다

날아라, 물잠자리

잔물결 위에 누워 있으면
콧등이 시큰해져 온다

죽어 삼도천三途川 위에 둥둥 떠 있는
껍데기뿐인 몸뚱어리라도 되는 양

잠길 듯 말 듯
선잠에 빠져 있는데

물잠자리 한 마리
날아갔다 떼 지어 오고

날아갔다 또 떼 지어 오고
검은 날개들의 합창 속에서

헛것인 내 육신이 보인다
통통 물에 불어 터진 몸뚱어리

나를 살게 한 힘이 저기에서 나왔다
내 영혼을 담은 조롱박이 저것이었다

나는 버럭 물을 박차고 일어선다
날아라, 물잠자리

회계원

북서풍이 몰고 왔다는 폭설이
대차대조표 칸칸마다 바리케이드를 치고
비상등을 깜박인다 창밖에는
길들여지지 않은 숫자들이 눈송이처럼 날린다
오래전에 스팀이 끊어진 사무실
바닥의 전기 히터는 충혈된 눈으로
달력 속의 남은 날들을 쏘아보고 있고
담배를 피워 문 손끝에서 자주 마음의 퓨즈가 끊어
진다
너무 많은 욕심과 초조감이 딱딱한 의자를 기우뚱거
리게 만든다
닳고 닳은 팔소매가 나이테처럼 연륜을 말해 주지만
숫자만이 완벽한 종교라는 신념조차
폭설 앞에서는 위안이 되지 못하였네
넘치지도 부족하지도 말아야 한다
끊임없이 의심을 반복하는 커서의 침묵 속에서
무엇일까, 지워야 할 이름들과
새로 불어넣어야 할 생명의 온기들,

창밖은 여전히 눈송이 분분하고
북서풍은 말울음 소리로 창틀을 두드리는데
한 사내, 스스로를 채찍질하고 있다

물론

유리탁자 위에서 물이 출렁거린다
자신의 속까지 투명하게 비추어 내는
물의 기억은 푸르다
그 푸른 추억을 관통해
나는 너를 본다

물은 강한 것에 한없이 부드럽게 스며든다
철판 속으로 뛰어들어 가는
저 톱니바퀴의 날
톱니바퀴의 날 속으로 빨려 들어가는
저 푸른 물의 미소
물이 자르지 못하는 쇠는 없다

물은 낮은 곳에서 높은 곳으로 흐른다
무성한 욕망을 뿜고 있는 나무들의
성긴 음모에 귀를 갖다 대면
들린다, 하늘 속으로 튕겨져 나가려는
물의 수런거림

가장 은밀하게 속삭일 줄 아는
나는 너를 듣는다

물론,
나는 너를 마신다

사망 통지서

찬바람은 비암처럼 내 허리를 휘어 감고 올라와
마지막 남은 기억의 잎새마저 허공으로 날리우고
너와 함께 부르던 희망의 동요들이 버석대는 숲
들리지 않는 은빛가락을 떠올린다

십 년은 더 늙어 버린 너의 아버지
뵙고 돌아오는 저녁나절은
쇠뜨기에 쏘인 듯 가슴이 쓰라려 오고
방천 둑 들풀에 걸려 하루가 쓰러지면
옷섶을 적셔 오는 코피의 비린내
아, 여기는 이승과 저승의 군사분계선인가
그 사이를 요동치며 긴 강물이 흐르는데
너는 어느 철책 위에 기대어
하모니카를 부는 걸까
일동인가 이동인가
야전병원에서 떠났을 내 영혼의 귀향을
고향 하늘은 눈시울 붉히며
서녘으로 돌아눕는다

무명無名의 풀잎들을 위해 네가 노래했을 때
너는 차라리 시원하고 향기로운 강바람이었던 것을
몹쓸 세상, 너의 아버지의 낮은 음성은
강의 잔등 위에서 거품으로 흐느끼고
유년의 강은 칭얼거리며
왜 혼자 왔느냐 왔느냐 물어 오지만
나는 알 수가 없다
곡류 밖으로 새어 나오는
빠알간 비명 줄기를

어둠은 내 복숭아뼈 사이로 찾아들어 고이고
발효하는 어둠 속에 동그라니 앉아
하루살이 풀꽃들의 비망록을 적었을 때
친구여 너의 이름은 무엇이라 적어야 하리
산악과 산악이 이루어 내는 거대한 그림자
끝없이 강물은 한 자락씩 빨려 들어가고
너는 밤마다 물푸레나무 가지를 붙들고
피울음 토하는데

알면서도 굳게 입 다문 바위들과
진혼곡으로 쓸려 오는 밤안개

찬바람이 돌고 있다, 친구여
아직 전쟁은 끝나지 않았다고 말해야 하는가
유독 추위를 잘 타던 너의 차가운 귀향을
덥혀 줄 가슴마저 떳떳이 펴지 못한 오늘
무서리 하얀 밤을 걸어가다 보면
피멍 든 발길은 자꾸 허공을 맴돌고
바람으로만 낙엽으로만 떠도는 너는,

모든 죽음에는 이유가 있다는데
통지서 한 장으로 불쑥 내밀어진 너의 부재 앞에
하얗게 몸을 뒤채며 떠오르는 의문부호들

조산早産

모래내 산부인과 딱딱한 나무의자에서 한 노파가 운다
여고생 손녀딸이 아이를 낳는다고 운다
아이가 아이를 낳는다고 운다
수숫대처럼 여윈 손가락이
영원히 지워지지 않을 화인으로
나무의자 깊숙이 상처를 남기는 줄도 모르고
우렁우렁 깊은 강물처럼 속울음을 운다
자살한 아들과 집 나간 며느리
햇볕이 지워진 셋방에서

모래내에서는 핏빛 노을이 천천히 울면서 진다

등

그대 낮은 등 밑에는
슬픔이 깃들어 있어 보였네
수많은 사람―사람들이 표정을 감추며 걸어가는 거리
그대는 그대 온몸의 무게와 고통을 실어
아코디언을 켜고 있었네
허리가 잘린 예수여
빌딩으로 막힌 하늘엔 고압전선―전선이 걸려 있고
공기들마저 우울히 갇혀 있다네
그대 웅크린 돌계단 옆에
꽃들은 지고 있었네
은전 소리 짤랑이며,
그대 손금 위에서 흩어진
이름 없는 사랑들
사랑 없는 이름들
먹장구름 날아와
그대 등줄기 위로 무섭게 내리꽂히는
마른 천둥벼락을 보았네
고꾸라져 흐느끼는 그대 울음을 들었네

알 수 없는 분노를 꼭 껴안고
빗물에 꺼져 가는
그대 떨리는 작은 등을 보았네
거리의 예수
바구니의 성경이
젖고 있었네

별밤지기 소년

슬픔 많은 사람들의 밤은 별로 가득해서
단칸방에 실내등 따로 없네
큰곰자리에 누운 힘센 아빠와
직녀성 어디쯤
엄마의 혼곤한 숨소리,
우주의 음악이
실꾸리 풀리듯 바람에 실려
문지방 틈새로 스며들면
키득거리던 소년의 눈망울은
소름 빛나고
접어 둔 어린왕자 책 속에서
얼마나 많은 사랑이 흘러나왔는지,
은하수 계곡에 감춰진
엄마의 부드러운 젖을 만지면
아이 따스해라
소년은 스르륵 눈을 감지만
이름 모를 포구로 밀려드는
바다를 떠올리는 것이지만

그날 밤 소년은
별밤지기를 꿈꾸었다네
낮에는 볼 수 없는 엄마와 아빠 별 사이
북극성은 처마 끝에서 더욱 빛나고
피로로 물든 별밭을 날아다니며
물도 주고 옮겨도 심고
그리하여 싱싱하게 일터로 가는
아침이 올 때까지
소년은 밤하늘을 지켰다네
열네 살 때 진짜로 별이 되어 버린 소년,
그 사이에도 늙은 별이 죽고
얼마나 많은 별들이 새로 태어났던지
오늘밤도 작은 별들이
낮은 지붕 밑을 서성거린다네

왕왕거리는 하루

지금은
잠깐만
생각을 접어 두기로 하자
내가 쏜
화살들이
무수한 햇살이 되어
지구본 위로 쏟아지는 날 아침
지구는
도대체 누가 지킬 것인가
아기 공룡이
슈퍼 공룡이
하는 따위의
생각은 잠시 유보해 두고
지금은
잠깐만
생각 밖의 생각들이
구름을 몰고 오는
지구의 안식에 대하여

오늘도 비디오 앞에서
떨어지는
능금 한 알을
나는 능히 나의 기도에 초대하였으니
그런데
지구는 누가 지킬 것인가
아기 공룡이
슈퍼 공룡이
최불암이
하는 따위의
생각 밖의 생각은 접어 두고
지구본 밖으로 떨어지는
능금에 대하여
도대체
지구는 누가 지킬 것인가
아기 공룡이
슈퍼 공룡이
최불암이

채시라가
하는 따위의
생각 밖의 밖의 밖의 생각들이
꼬리를 물고
몰려오는 먹구름과
먹구름 속에서 자란 아이들과
비디오 앞에서
능금 한 알을 베어 먹으며
지구는 지킬 것인가
지킬 것인가
왕왕거리는 하루

저 풍성한 이야기

확대경

보이고 보이지 않는다
헛것이, 살아 있는 것이
너의 뻐드렁니 사이 고춧가루가
보이고 또 보이지 않는다
세상엔 꼭 보여야 할 것들이 있고
보이지 않아도 좋을 것들이 있다는데
너의 주근깨가 부스럼이
곪아 터진 상처 속의 병원균이
보이고 또 보이지 않는다
내가 걸어 들어가는 숲속의 낙엽이
낙엽의 손금이, 손금 속의 생명선이
푸른 생명선 속의 강물이
강바닥 속을 뒹구는 자갈 같은 삶이

저녁에 하는 충고

잠들어도 깨어서 잠들 수 있다면
할아버지 말씀만 같은 말씀을 들어 보렴
수심의 바다에서 몰려온 구름을 흘려보내고
영봉의 이마를 가르며 떨어지는 유성
멍석에 누워 손끝으로 따라 그리면
그 아름답다는 동화의 나라가
모깃불처럼 피어오르리니

아름다움을 생각하는 것만으로도
내일을 살아갈 힘이 생기지 않겠느냐

짧은 연애 사건의 기록

도대체,무엇을,기억할 수도,없고
기억하기도,싫은,우울증이,만들어 낸
먹통된,컬러,텔레비전,의,블럭,광고
뭐라고?,생각이,……,안 나.안 난다니까

언제나 객지

한 장을 남기며 달력이 뜯겨져 나가면
빗발은 변두리에서 더욱 굵어진다
내 청춘의 소란스럽던 잎새들
언뜻 사계의 화단에서 작별을 고하고
들창마다 뽀얗게 입김을 적시며
시간의 두터운 이랑 속 눈물로 고개를 드는
그리운 가난, 다 외지 못하는 이름들
나는 늘 지푸라기 하나 붙들지 못하고
저렇게 빗방울처럼 흘러내리기만 하였지
떠돌기만 하였지
불면의 석주石柱들은 더욱 차갑게 젖어 가고
꽃담무늬 벽지 사이로
신경통 깊은 강물이 흐르는데

자정을 넘으면 빗소리는 잦아든다
식구들의 곤한 숨 위로 내려와 쌓이는
세상 밖의 들녘 이야기
흰 봉투 속의 꽃씨 이야기

하행선 열차는 잠의 터널을 빠져 달리는데
새로 한 시 나는
무엇을 화물칸에 실어 떠나보내나
허름한 온기로 새벽을 여는 얼굴들과
그 얼굴들이 찾아 헤매는 원적原籍의 소식들은
헐값으로 실려 오고 실려 나가고
죽어서나 가야지요…… 흐릿한 말끝처럼
또 하루는 밝아 오는 것이지만
언제 철거될지 모르는 이 철모를 주거지住居地는
언제나 객지
객지의 밤은 짧고 춥다

사월엔 목련이 피었다 진다

목숨을 버리는 그날도 이러했었어
밤이 깊어 갈수록 울어 나오는 우울한 소네트
누군가 슬픔의 키를 잘못 누르고
피리소리는 젖은 풀밭 밑에서 스며 나왔지

찢겨질 때 찢겨지더라도
그 순간만큼은 아름답게 기억해야 해
별의 눈 속에서 불씨가 녹슬어 내리고
자정의 파장 안에 포착된
차가운 새벽바람은 산화하고 있었어
홀로인 나무만을 위한 꽃들의 공연이 파국으로 치달
는 순간
가장 낮은 지상의 음계는 퉁겨져 올랐지
아픔을 느낄 때 비로소
사랑은 시작된다는 걸 깨달아야 해

영원히 만나기 위해서 짧은 작별을 나누는 법이지만
누구나 찰나에서 찰나로 그의 전생을 투신하지만

보이지 않는 어두운 세계 두터운 뿌리의 의심들을
누구나 반추하진 않았어
파리한 미소와 나비 같은 몸짓 아래 쌓인 고적을
절망의 수사법에 길들여진 무게 없는 눈물을
나는 나만의 아리아를 버리기로 하였지
그동안에도 얼마나 많은 꽃들이 추락을 결심했는지
목숨을 버리는 오늘도 그러하였어

닭

대낮에 우는 닭이여
모두 일터로 나간 지금
무슨 까닭으로 횃대에 올랐는가
크로아티아 공화국의 민병대 대원처럼
목에 핏대를 세우고
아직 잠 깨지 않은 종족의 이마 위로
서러운 기상나팔을 부는 것인가
가을 찬바람 고뿔로 앓아누운 나에게
도심 외곽에서 듣는 너의 울음소리는
수상스럽기 짝이 없고
아무도 찾아오지 않는 이 고요한 칩거를
네가 슬퍼하자는 것이냐
아니면 불 보듯 훤한 너의 운명을
내게 시위하자는 것이냐
너의 눈물겨운 목청이 아니라도
나는 자리를 떨치고 일어날 텐데
아직 살아갈 세상사의 산맥마다 힘줄은 푸르르고
넘어야 할 강 자락은 셀 수도 없는데

대낮부터 홰를 치는 닭이여
어인 까닭인가
새벽을 일깨우던 너의 아름답고 건강한 목소리가
이 한낮 이리도 요망하구나
제 운명조차 사랑해 버린 음유시인처럼
세상의 영양가 있는 기름으로 남으려고
그렇게 우는 것이냐
닭이여 슬픈 노래의 주인이여

양파껍질 속에 숨어 사는 여자

독한 여자
매서운 여자
아침저녁으로 날 울리는 여자
눈물샘이 많은 여자

이어도사나이어도사나

수식어가 필요한 여자
건망증이 심한 여자
선데이서울 겉표지 같은 여자

이어도사나이어도사나

보일 듯이 보일 듯이
끝내 보이지 않는 여자
슬픈 여자

할머니

솔잎들은 눈을 찌른다

무아애란 얼마나 아름다운 것인가. 절벽, 바위 틈 새로 악착같이 온몸을 밀착시킨 이끼들, 곡예의 생. 절벽은 검푸른 이끼의 상처를 키우고도 소나무 한 그루를, 그 뿌리를 이마에 거두어들인다. 어쩌면 그것은 나의 착각, 바람과 비에 깎여 위태위태했던 날들이 안타까워 곱게 하혈하는 저녁 하늘 밑으로 절벽은 추락을 꿈꾸었는지도 모르지만, 어쩌면 그것은 나의 비애(비애는 사랑을 아프게 한다), 촘촘촘 절망을 밀어 올려 소나무로 우뚝 서게 하고, 아아 절망도 저렇게 서로 껴안으면 청동빛 홰를 치는가. 하루살이 풀과 꽃과 벌레들과 함께 풍화해 버린 천년의 시간 속에 환시되는가. 절벽 위의 소나무를 바라보노라면 솔잎들은 아프게 아프게 눈을 찌른다.

밤 시 1
— 1982년 12월 밤

지금은 밤이다
성황당 고갯마루 허깨비 불을 보았다는 어머니 잠들
지 못하고
웃담의 사촌형님 눈물로 고개를 넘는 밤이다
눈발은 산수화 속에서 쉬지 않고 내리는데
녹슨 별들이 떨어져 내리는데
초저녁이면 끊어지는 지상地上의 길은
손수레에 실려 떠나는 늙은 고모의 추억을 덮으며
귀밑이 세는 밤이다
밤하늘의 길도 끊어져
덧문에서 배웅하는 할머니
하나 남은 앞니마저 빠져 버리는 밤이다

길도 없는 길
동지冬至 긴 밤을 새워 눈은 내리고
누가 또 고개를 넘는지
성황당 비각에 기대어 숨죽인 오열을 토하는지
나보다 창호지가 먼저 우는 밤이다
울어도 밤새 우는 밤이다

밤 시 2
— 비제祕祭

눈썹이 긴 사내가
호롱불 아래
대금을 부는 밤이면
북두칠성좌 발뒤꿈치를 깨무는
푸른 독사 한 마리

소리가 끊어지면
밤이 사라지고
사내도 사라진다

밤 시 3
— 장미원

불이라도 질렀으면
속이 시원하겠어

네로는 불타는 로마를 보며
손뼉을 쳤다지

가시에 찔려
파상풍으로 죽은 이국의 시인처럼
죽어 버렸으면 좋겠어

누가 밤마다
날 가두어 놓고
간음姦淫하는지

밤 시 4
— 초상집

아직 떠나지 못하시는군요
용기를 내셔야지요
미련의 달이 기울고
있어요

밤 시 5
— 묘지墓地

친구가 필요하다면
승냥이나
여우나
늑대의 울음을
우시길

휴화산休火山

무슨 까닭이 있지 않을까
끓어오르는 분기를 속으로 삭인 채
속으로 삭인 분노를 돌 거죽 아래 숨긴 채
하늘만 바라보는 것은

무슨 전설傳說이 있지 않을까
그리움에 그리움에 목 놓아 울다가
울다가 그만 눈물이 말라 버려
저렇게 돌이 되어 버렸다는
입에서 입에서
겨울밤 사랑방에서만 들을 수 있는

또 모르지
그 여인을 데려가 버린 사람들이 미워서
여우처럼 산 겨드랑이 간지럼 타던 여인이 그리워서
또 한 번의 불꽃으로 타오를 정염情炎을 감춘 채
곰마냥 웅크리고 있는지도

모르는 일이지
다시 녹슨 관절을 털고 일어서는 그 때는
변두리 술집 작부 노릇하는 여인의 창가에 몰래 갔
다 미쳐서
이 세상 모든 것을 태워 버리고도 남을
사월 철쭉 생각에 잠겨 있는지도

습기가 말라 버린 골목마다
아이들은 폭죽놀이에 여념이 없다

보리차

나는 마신다 한식 정식을 들기 전에
보리 문둥이, 보리 귀신, 보리 할망구 이런 따위의
개나리 소반에 방귀 뀌던 식탁은 사라졌다
까칠까칠한 것
모가 난 것
달팽이 껍질 같은 것들은 사랑받지 않는 시대
이 한식 전문의 식당에 앉아
때 늦은 아침 겸 점심을 들면
TV 브라운관에서 부드러운 여자임을 자칭하는
여배우가 떠올랐다가 사라지고
술에 찌든 나의 위장을 풀어 놓는 캘리포니아산 보
리차 한 잔
보리밭에 뒹굴던 치맛자락이며
보리피리 같은 종달새의 날개
나는 기억을 못하지만
생각은 엎질러져 바닥으로 흘러내리고
풀어지면서
나는 허물어지면서

고정한 기틀로 밝히지면서
의롭은 빛으면서

겨울 사냥 이야기 1

사냥은 이미 시작되었어. 잔뜩 어깨를 낮추고 몸을 떠는 수풀, 장전된 탄환은 아침 공기를 가르며 사라져 가고 노출된 숲은 하얗게 질려 있었어. 숲의 불안한 포복 곁으로 더러운 제 속을 감추기라도 하려는 듯 얼어붙어 있는 웅덩이, 그 위를 개들이 달려가고 돌아오지 못할 것처럼 먼 원경遠景 속으로 뛰어 들었어. 칼바람의 머리칼을 물고 돌아와 사내 앞에 거친 호흡을 토해 놓는 모습이라니, 사내는 아무 말 없이 궐련 한 개비에 불을 붙이더군. 그리고 또 한 발의 탄환이 긴장한 숲의 이마를 뚫고 지나고 숲의 한쪽에서 비명을 지르며 쓰러지는 소리가 들려 왔지. 뛰어, 사내의 낮은 음성보다 빨리 개들이 달려 나가고 나는 그만 눈을 감고 말았지. 이내 다시 눈을 뜨긴 했지만, 생각해 봐, 개들의 이빨 사이에 붉은 피를 흘리며 바둥거리는 숲의 한 팔을. 사내는 불을 피우기 시작하더군. 이윽고 배를 채운 사내와 그의 충실한 부하들이 떠나고 노을이 몰려들었지, 숲의 전체를 감싸며 소리 없는 통곡처럼. 나는 그때 보았어. 땅 위에 낮게 깔린 어둠 속에서 깜부기 불씨가

돋는 것을, 작게 작게 바람에 술렁이다가 이내 속삭이
는 숲의 노래를, 그리고 어둠 저편에서 거대하게 얼어
서는 숲의 뿌리를.

겨울 사냥 이야기 2

숲속에 음유시인 살았어. 숲의 동맥動脈을 타고 날아 다니며 막힌 데 뚫어 주고 싸움은 말리고 사랑과 질서 로 충만한 평화의 노래를 불렀지. 그래서 숲에서는 바 람소리 새소리 짐승의 울음소리조차 음악처럼 달콤하 게 들리는 거야. 아마 구름에 달이 가려진 어느 날 밤 이었을 거야. 소문을 듣고 양의 가죽을 둘러쓴 마을 사 람들이 숨어 들어와 음유시인을 납치했다나. 그들은 엽총을 가졌거든. 마을은 늘 싸움으로 해가 뜨고 해가 지며 욕 잘하는 아이들과 바가지 긁는 아낙네들, 노름 과 간음과 집시의 달이 뜨고 사람들은 노래를 하라고 종용했어. 우리에게도 사랑을 나누어 달라고, 평화를 달라고, 밭을 갈고 땅을 일구며 오손도손 정을 나눌 수 있도록 이제 지긋지긋한 가난은 싫다고. 그때 눈이 내 렸어 상상할 수 있겠니? 세상을 골고루 덮으며 그가 갇 혀 있는 마을 공회당 지붕 위로 눈이 내리고 있었던 거 야. 할아버지에게 들은 이야기인데, 음유시인은 먼 숲 을 쳐다보며 비탄의 노래를 부르더란 거야. 그 노래가 어찌나 슬프던지 사람들은 꼬리를 감추며 도망쳐 버렸

단다. 그러나 그러나 음유시인을 잃어버린 숲은 날마다 흘려 대는 눈물에 몸이 말라 어느 해 아주 커다란 산불이 나더니 숯검정 산이 되었다지. 아이야 벌써 조는구나? 음유시인의 뒷이야기가 궁금하지 않은 모양이지. 그래 좋은 꿈 꾸고 잘 자라.

눈 오는 황산벌

빈 들의 가슴에 가 서 있으면
눈이 내린다
인기척 하나 없는 검붉은 땅
사방 어디에도 눈은 내리지만
쌓이지 못하고 녹아내리는 눈
그날도 이렇게 눈이 내렸을까
가시덤불 뿌리들마저 흙을 껴안아
즈믄 눈물은 강심江心을 녹여
누운 것들조차 얼지 않고 흐르는데
목 잘린 꽃잎처럼 내리는 눈
거기에 발목을 묻고 장승으로 서면
성긴 음성의 바람은
먼 하류로 파발을 띄운다
갈대 깃으로 장식한 투구를 쓰고
벌판을 달리는 오천 결사대
살아서 살아서는 돌아가지 않으리라며
눈을 감고 귀를 막고 가족을 베어
아아 들풀들아 수수깡들아

너희들 혈족血族들조차 분노를 품었구나
눕지 않겠다는 붉은 마음만으로
자욱이 내리는 눈보라 속에서도
그 흔한 불평 한마디 없이
창칼이 되어 서 있구나
즈믄 머리맡에 살아 있구나
나도 너희들처럼 여기 뿌리 내릴 수 있을까
지켜야 할 무엇 하나 없어 슬픈 가슴에
비명碑銘을 아로새기며
표표히 흘러가는 강물로 살 수 있을까
저 빈 들의 가슴 가까이 귀를 대 보면
눈 못 감는 군사들의 함성이 들려온다
떠나라 떠나라
살아 있는 나에게 죽은 자들이
욕설을 퍼부어 댄다
눈은 더욱 거세게 쏟아지는데
길 잃은 왜가리 한 마리 쉰 울음 터뜨리며
서쪽으로 서쪽으로 날아간다

손톱 2

단호한 칼날 아래
단호한 목숨들이
단호하게 흩어져 갔다.
그래도
나의 몸무게는 줄지 않았다.
의사는 내게 사형선고를 내렸다

나의 우리에 슬픔이 질경이처럼 자라는 이유는
그런 것은
거름 내는 농부에게나 물어봐

손톱 3

깨물어 보면 안다
얼마나 깊은 욕심이었는지
물어뜯고
할퀴어 봐도,
갈 건 가고
남을 것은 남는다
순간의 이별과 만남이
어디 아픔 뒤로 자라는
저 그리움만 하랴

나의 부활

1

가령 새떼의 날아오름이 별들의 움직임과 유사하고, 꽃의 빛깔이 음부의 색감과 흡사하고, 내장 속의 기생충들은 내가 연애할 때 자기네끼리 연애하고⋯⋯ 그러므로

(이성복 아포리즘, 그대에게 가는 먼 길 54,

도서출판 살림 1990. 7. 30)

2

그러므로 인정할 수 있었다

북극해北極海로 투신投身하는 바람이 밉지 않고, 나의 죽음 뒤로 풍화風化하는 잔뼈들의 쓸쓸한 적막, 저무는 석양夕陽이 두렵지 않고, 솔개의 발톱이 무섭지 않고, 나는 늘 숲속에 버려진 채 누워 있지만 거울 같은 호수의 물결이 삼림森林의 잠든 이마를 깨우며 올 때, 버들 피리 꺾어 불며 바다 같은 하늘 하늘 같은 바다로 유성流星의 흔적을 쫓으며⋯⋯ 사막에서 양을 치는 목동牧童들아, 산막의 야영꾼들아 너희가 가리키는 손가락 끝에 내가 살아 있으리라

5

우리들의 천국이

어제가 오늘이고 오늘이 내일이고
그러니까 하느님, 컴퓨터에서 대량 복사되는
당신의 신도들이 빽 없어 빼액 하고 죽었다는
그러한 사실이 당신의 사랑하는 사제들로 구성된
천국 동사무소 호적계에 입력이 누락되었다면
땅에서 이룩된 일이 하늘나라에서도 이룩되어진다면
평생 밥 먹듯 야근을 한 노동자가 거기서도 야근을
해야 한다면
단테의 신곡神曲이 미치광이의 낭설이라면
오우 하느님,
그러니까 만약에 그 나라가 개판 오 분 전이라면
나는 죽어도 이 땅에 묻혀 살겠습니다
여기는 그래도 개선의 여지라도 있잖아요

할아버지 괘종시계

태엽을 감으면 살아 있어
굳은 먼지에 쌓인 허리를 꼿꼿이 세우며
언덕길도
내리막길도
서두르는 법 하나 없이

여름 한나절도
북풍 찬바람 나는 대청마루에서도
칭얼거리기 좋아하는 한 소년에게
꽃피는 남해안의 다도해多島海를 그려 주고
개마고원 화전민火田民의 전설傳說을 이야기해 주던

지금은 죽어 있는 시계
시간을 끌고 가는 힘겨운 의무를
전자시계에게 물려주고
한갓진 장식물로 은퇴해 버린

고물상에게나 주어 버리려 해도

정오正午의 삽화插話

1
길과
해와
나무와
사람들은
반 고흐의 그윽한 눈 속에 붙잡혀 있다
그의 눈썹 긴 회랑을 따라
쇠공 매단 사람들 흙먼지 끌며
느릿느릿 서쪽을 향해 걷고 있다

2
대지는 프라이팬처럼 달아오르고
철근의 무게로 휘어지는 한길을 피해
지하 다방茶房으로 잠입한다, 나는

3
쉽게 뜨거워지고 식는 것들을 경멸한다
늙은 레지의 헤픈 웃음과

한잔의 음담패설이 형성하는
고기압 전선, 더운 바람 불어
이 시간 이곳을 찾는 사람들이 콜라를 주문하면
수족관 붕어가
콜라콜라 주문을 받는다
이곳도 너무 뜨거워
뜨거워진 회색구름은 지상地上 어딘가로 이어졌을
환풍기 구멍을 따라
끝없이 빨려 들고 있었다

4
누군가와 통화通話를 나누어야 해
그러나 불통,
딸꾹질 걸린 수화기를 내려놓으며
마담에게 고백하건대
건달로 사는 하루는 치욕스럽다

삼천리호 자전거

국민학교 5학년 때 아버지가 사다 주신
내가 처음 타 본 자전거
동생이 토끼풀을 가득 싣고 제방 위로 씽씽 달려오던
삼천리호 자전거

페달을 힘껏 밟으면
뒷바퀴는 온 힘을 다하여 세상을 출발시키고
앞바퀴는 길을 인도한다
넘어질 듯 넘어질 듯 그러나 끝내 무게중심을 유지
하며
금수강산 차돌 툭툭 튀는 신작로 길을 달려온
아버지 논에 가실 때도 장에 가실 때도 타고 가신
삼천리호 자전거

프레임 사이에 삽을 걸쳐 놓아도 어울리고
옆집 면서기 형님이 타도 어울린다
앞바퀴는 앉은뱅이이고
뒷바퀴는 장님이지만

두 바퀴가 어울려 삼천리를 굴러 온
출근할 때도
퇴근할 때도 타던 자전거

1번 국도를 타고 신의주까지 하이킹하고 싶던
후진은 안 되는
봉숭아 화단 옆에 녹슬어 버려진
서 있는 자전거
백미러가 깨어진 삼천리호 자전거

누가 저 페달을 힘껏 밟아 주려나?

압록강

강아, 그리운 이름아
목마른 장백산 백성들 짐승들 살찌우던
전립戰笠 쓴 고구려 사내 억센 혈관 속에 흐르던
압·록·강 하고 읽으면, 어린 동생이 국사책을 펼치면
가물가물 기억의 끝에 눈물로 살아가는 이름

팔려가던 이
끌려가던 이
도망가던 이
만주벌판 칼바람에도 조국 광복 조국 광복
깨어진 철모로 강의 한 자락 퍼 올리던 어린 병사 있
었어
그 살아오지 못한 혼불들이
밤이면 강의 경계선에 짐승처럼 모여
굵은 목책 흔들며 황소울음 우는 것을
아르 아르 아르동다리
장백에서 강계까지
민족사의 전설을 실어 나르던 뗏꾼가를

너의 입가 성긴 수염풀들
흙가래 토하며 무성히 살아 있는 이유를
하류로 하류로 흘러 황톳물 들어도
아르 아르 아르동다리

강아, 할머니의 통곡 속에 허리가 잘리고
저린 손 꾹꾹 지도 위로 쓸어 보시며
돋보기 시력으로 너의 굴곡 다듬던
눅눅한 할아버지의 이부자리 개고 나면
이 기인 밤
누가 너의 이름을 불러 줄 것인가
동생의 부은 눈자국이 일어나
우리의 편도선이 붓도록
벙어리 되어도
어금니 꽉 깨물고 부르다가
압·록·강 하고 있으면, 어린 동생이 국사책을 펼치면
시퍼렇게 출렁이는 이름
압록강

합리주의자처럼 말하다

바람이 분다
바람을 멈출 수는 없다
뿌리째 뽑혀 가는 이 절망의 언덕에
꽃을 심을 수는 없다
그리하여 남겨진 것은
거대한 바람개비를 세우는 일

만들어진 전력은 도시의 혈관을 타고
도시를 살찌울 것이다

시간이 보이는 곳에서

소년 시절의 긴 터널을 보아라
번민으로 끓어오르는 어둠뿐이었나니
차가운 벽과 가슴 저미는 울음소리
내딛는 걸음마다 풀 한 포기 자라지 않고,

어머니의 지갑을 훔쳐 가출하는 작은 짐승이여
원시의 산과 강을 건너
뎢과 독충, 그리고 아무도 살지 않는 고원高原뿐인데
어디로 가려 하는가
이른 봄부터 툰드라의 겨울까지
굶주림과 추위의 배낭을 지고
먼저 간 자들의 뼈와 소리 나지 않는 율법 사원律法 寺
阮은 무너져,

내가 보았던 것은
내가 듣고자 했던 것은
한 시대의 진혼곡鎭魂曲
불면不眠과 회한悔恨의 유적遺跡에 바람으로 암각된
생명生命의 비밀祕密

몽상가처럼 말하다

1

불에 타 추락하는 새
너무 높은 나무 위에 집을 지었나

2

뿌리가 튼튼한 나무는 불에 타지 않아
다만 그가 견딜 수 없는 것은 공기와 바람과 구름의
무게

3

소리치지 마
흙은 나무의 약속과 이념理念과 사랑을 믿지 않아

4

날 쇠꼬챙이에 찔러 히히덕거리며 안줏감으로 그들
은 날 두 번 죽일 거야
짐승도 아니야
짐승은 동료의 고기를 먹지 않아

5

쉬잇, 암호를 들키면 안 돼

(우린 군인도 아닌데)

대지의 여신은 편지를 암호로 쓰게 하진 않아

6

소용돌이, 깃발, 음악, 시詩, 개마고원, 감자, 풋내기, 배추, 무처럼

날 산과 들에 뿌려 줘

강江에도

나는 기어코 바다를 볼 거야

바다가 되기 위해서만 강물이 흐르는 것은 아니지

후기後記

한 소녀가 시녀를, 그 하얀 종말終末을 뿌리고

우리의 곁에서 사라져 갔다

우리 시대의 위대한 몽상가들은 모두 어디로 가 버렸을까

적산가옥敵産家屋 아이

할아버지는 일본인日本人 집 마름이었다우
해방되던 다음 날 동네 개들이 밤새 짖던 밤
열 달치 세경 대신 문간방에서 안방으로 이사를 했
다우

꼭 쇠비름 냄새가 날 것만 같은 그 집 손주는 나와
국민학교 동창이었습니다

전쟁이 터져서 붉은 깃발이 반도 허리를 감싸 안을
때에도
그 집 할아버지는 집을 떠나지 않았습니다
마을에서 유일한 기와지붕에다가
방도 제일 많았지만
어떻게 얻은 집인데,
기실 동창의 아버지는 면 인민위원장이었으니까
키가 크고 눈이 부리부리한 동창 아버지
그 집 할머니는 키도 작고 동글동글하던데
할아버지가 항우장사 뺨친다더니

운동회 때마다 날 꼭 이 등만 하게 만들던

그 녀석은 나와 한동네 살았습니다

반공웅변대회가 있는 토요일을

그 녀석은 제일 싫어했지요

교단에 올라 주눅 든 황소 같은 눈을 실룩거리는 놈을 보면

난 신나기도 하였는데

아마도 일요일이면 아버지를 따라

나무인가 머루인가 더덕인가 고사리인가를 캐러 산으로 오른다는

그 애 아버지는 우리 면에 수두룩했다는

덕유산 빨치산이라고, 형님들의 쑥덕거림을 들은 적이 있고

공비 토벌 때 붙잡혔다던가 자수를 했다던가

오랫동안 감옥소에서 폐인이 되어 각혈을 하고 다리를 절며

일요일이면 산을 오른다며,

아랫담에 사는 동창은 비밀스럽게 이야기해 주었습니다

동네 술 방에서 싸움이 나면
예이 평생 마름이나 해 먹을 놈이라는 둥
저런 종자들과 한동네 사는 것이 부끄럽다는 둥
네 아들 때문에 죽은 사람이 몇 명인지 알기나 하느
냐는 둥
우리 같은 조무래기들이 알아듣기에는 좀 난해한 노
인네들 욕설 앞에
염소수염 그 집 할아버지 홀로 빈 술병처럼 버려져 있고
짚가리 뒤에 숨은 나의 동창은 작은 주먹을 떨며
곧 울 것처럼 서 있었지요
그러다 그 집 할아버지는 돌아가셨습니다

중학교 원서와 시험으로 바쁘던 겨울밤이었을까
비듬이 뚝뚝 떨어지는 동창이 찾아와
상급 학교에 가기 싫다
이 동네가 지겹다
우리 집 호적은 빨간 줄이 몇 개씩 그려져 있다
눈시울 붉게 물들인 동창은 내 손을 잡고

우정은 변치 말자
저 하늘의 별에게 맹세한다
날 보고 싶거든 별에게 물어봐라
그렇게 녀석은 돌아갔지만
그게 끝이었지요

사람들은 스스로를 추방시킬 줄 아는 것 같습니다
기억이 습한 사람들 말입니다

명절날이라고 고향을 찾으면
먼저 동네 어귀의 그 집이 보입니다
바깥채가 도로로 뜯겨 나가
흉흉히 안채를 드러낸 채 남아 있지만
아직도 그 집엔 늘 안개 같은 의문들이 거미줄을 치
고 있지요
오늘 밤 별에게나 물어볼까 싶습니다
보고 싶은 녀석
적산가옥敵産家屋 그 동창 녀석 말입니다

완산주完山州* 처녀의 얼굴 없는 사랑

한밤중 시린 꿈 부둥켜안고 잠 못 이룰 때
동창東窓을 흔들어 대는 가죽나무 검은 그림자
달도 없는 샛길을 걸어
어느 잘잘 끓는 가마솥 아궁이 지나
구석진 나의 침실, 녹슨 문고리 벗기며
바람 불면 날아갈세라, 한아름 숯검정 불씨를 품고 와
나의 처녀림 깊숙한 내면을 점화시키는
그대, 이제 슬픈 얼굴을 보여 주어요

함박눈을 스카프로 두르고
함초롬히 야위어 가는 국화 한 무더기
그 곁을 신부新婦처럼 서성거리며 기다리게 하고
졸아드는 청국장 냄새 치마폭에 감싸게 하며
밤중으로만 오는
그대, 무엇이 꼭두새벽 그대를 불러내는 거죠

---

* 완산주完山州 : 현재 전주의 후백제 시대 때 지명.

언젠가 아침, 나의 작은 소망所望을 유리창에 불어 넣을 때

성에의 나라 무녀巫女들은 그림의 수식과 쌀점의 배열들을 내어 보이며

허름한 그대 옷고름에 바늘귀를 꽂아 두라 꽂아 두라 첨언添言하였고

내가 가지고 싶은 것은 그대의 그림자가 아닌걸요

윤기 없는 머리칼이 아닌걸요

향기 없는 사랑이 아닌걸요

그 짧은 실줄의 연분은 뒤꼍에서 끊어지고

팔랑개비 돌리는 아이들의 입술과 입술 사이 눈꽃은 피는데

어찌할거나, 성姓도 이름도 알 길 없이

난 그대 핏줄을 잉태하였으니

우후죽순 덧 자란 소문의 언덕에서 그리움 가득 연鳶을 띄우면

찬 동굴 속에 숨어

마늘과 쑥을 되씹으며 인내忍耐를 배우며 환생幻生을
꿈꾸는 그대,
이 밤 거기도 눈은 내리나요

사랑은 오롯이 기다리며 기다리며 깊어 가는 것이라고
산을 내려온 갈참나무
지붕 낮은 방문을 두드리는데
부질없는 생각이 흔들리는 등잔불 아래
그대의 털 스웨터를 짜다 풀어 놓고 선잠이 들면
가만히 숨죽였던 그대 작은 분신分身은 날 깨워 기도
하게 하고
어둠을 내쫓는 닭 울음소리
방문을 열면 누군가의 발자국을 안고 눈은 쌓여 있고
둔덕길 아침을 쓸어 놓으면 그대,
햇살 거느리며 뛰어오나요
나의 설움 짙은 눈썹이 그만 흘러내려
풀씨로 흩날리게요

가을

사내아이가 참새를 쫓습니다
참새가 날아갑니다

참새가 날아갑니다
사내아이가 참새를 쫓습니다

참새가 날아가고
참새가 날아오고
사내아이가 참새를 쫓습니다
참새는 이제 날아가지 않습니다

사내아이는 곧 울 것 같습니다
사내아이 혓바닥에 가시가 돋고
참새의 혓바닥이 달아오르고
참새가 날아가고
아이가 주저앉는 논배미를 출렁거리며
목탄 같은 노을이 번져 있습니다

고랭지高冷地에서 부르는 노래

여름이 쉬이 왔다 산정을 돌아
남쪽 지방으로 사라진다
계절풍季節風이 불고
육십령*을 넘지 못한 숱한 사연들이
계곡 아래 띳집을 둘러 화전火田을 일군다
막다른 세상 끝만 같은 이곳에서
푸르름도 지쳐 더 발길 놓지 못하는데

낮일에 지친 사람들은
꿈속에서조차 도시를 그리며 잠들고
나는 이가 시리도록 차가운 물에 머리를 감는다
이 물이 흘러 바다에 가 닿으면
그리운 사람처럼 철새는 편지片紙를 물고 날아오겠거니

서울 간 동철이는 잘살고 있을까
농고農高를 수석 졸업하고 축농자금築農資金 대부받아
농장을 꿈꾸던 동철이
이제는 복합 축농築農만이 살길이라고
기계화機械化를 떠들던 동철이

내일이면 저 건너 밭에
김장 배추씨도 무씨도 뿌리고
텅 빈 나의 가슴에 쿵쿵 말뚝도 박아야 하겠지만
불길로 번져 오는 단풍丹楓을 바라보며
몇 번이고 눈물 적시다가
휭 하니 구름 따라 산에 올라 보면
고개를 넘지 못하고 떠나지 못한 마음들이 산 아래 모여
연기를 피워 올리고 있다
아리랑 쓰리랑 장단長短으로 파종播種을 하며
내 마음 같아 서러운 하늘 속으로
쑥대머리 풀고 있다

혜순이 고모

1
남덕유산 산장 아래 논개를 낳은 곳
월남치마 주름 같은 계곡溪谷을 흰 눈은 녹아 흐르고
늦긴 하지만
방아실 총각 뽑아 부는 보리피리에 섞여
어김없이 봄이 찾아오는 곳
나는 아랫집 삼섭이보다 먼저
고모 등허리에서 봄을 맞았고
그런 날이면 양지 드는 돌담 가에 앉아
꽃동네 새 동네
노래를 배웠다

2
어느 땅에도
활착하지 못한 기억記憶의 풀씨들은
아직 날고 있는가

3

마당에 멍석을 깔고 누우면
모깃불 사이로 별은 반짝였다
먹어도 먹어도 늘 배고픈 밤
암고양이 같던 고모
풋사과 서리를 곧잘 하던 고모는 휘파람을 불 줄 알
았고
뒷고랑 냇가 달맞이꽃을 좋아했다

안개가 피어오르는 밤
하얗게 질린 꽃들이 수그러지고
불안한 어른들의 근심이 마룻장을 울리고
못 먹어서 그랬다 그랬지
정지 쪽문으로 깜밥을 긁어 주던
그 시절 나 하나의 연인 고모여

4

설익은 들콩을 씹으며

고모는 별이 되었을까
계수나무 아래에는 예쁜 토끼가 산다더니
달나라에 갔는지도 몰라
매캐하게 번져 오는 그리움에
눈물이 먼저 흘렀다

영산홍

빨간 제복 아가씨
삐치기도 잘하고
수줍어할 줄도 아는
그저
도시행 화물칸에 흔들려 와
냄새나는 공단에 입사한
밤에만 몰래 화장化粧했다 지우는
쪽니가 이뻐
고향 누이를 닮은 아가씨
그러나 닮고 닮아
동전 같은 아가씨
빠알간 제복制服 아가씨
그래도 별이 촘촘촘
공단 굴뚝 연기 사이로 뜨는 퇴근길
영 영산홍 하고
이름을 불러 주고 싶은
까닭은 무얼까

두려운 밤

1

아무도 오지 않았다. 밤은, 긴 치맛자락 흔드는 밤은
토광土壙 속으로 걸어 내려가고 가래처럼 끓는 안개와
축축이 젖은 구름만이 만월滿月의 이마를 삼키곤 하였
다. 작은 호른을 연주하듯 부엉이 울음 울 때마다 홀이
불 속으로 파고들며 늦시집간 막내고모, 젖가슴을 떠
올렸다. 한숨처럼 무너져 내려앉은 흙담장, 덥수룩이
돋아난 담쟁이 풀들은 고개를 기웃거리고.

2

밤이 깊어도 아무도 오지 않았다. 문중 제사 가신 어
머니, 아버지와 동생들. 약주 김에 흥얼거리는 아버지
의 콧노래가 그렇게 그리울 수 없었다. 당신들의 작은
다툼까지. 홀로 있으면 모든 것은 그리움으로 흐르는
것인가. 열려진 뒷문 사이로 고모가 가꾸던 참나리, 분
꽃, 노랑상사화, 봉숭아 꽃잎들 소리 없이 수그러들면
나는 아랫입술이 터지도록 깨물어야 했다. 사타구니에
서 정수리로 흐르는 두려움. 아아 낮익기조차 한 이 두
려움은 어디로부터 오는가. 바람이 뜰팡을 쓸어 문풍

지를 두들길 때 나는 오줌이 마려웠다.

3
죽음은 제삿날로부터 시작되는 것인가.
며칠 전 서당골 노인이 죽었다던데
조상을 잘 돌보지 않으면
그 후손들이 화를 당한다던데
큰집 당숙堂叔 이야기다.

4
아무도 오지 않았다. 파수꾼 병정처럼 오동나무, 추자나무, 대추나무, 감나무 어둠 속에 서 있었지만 툇마루에 나와 오줌을 눌 때 차가운 손바닥이 머리를 쓰다듬는 것 같았고 기계충 자국에서 낮은 휘파람 소리가 들렸다. 나는 한 발자국 물러섰다. 따라오는 어둠, 바람은 괴기스러운 비웃음을 흘리며 나를 관통해 사라지고 도망치듯 홑이불 속으로 뛰어든 나는 오시지 않는 어머니가 미웠고 아버지가 미웠고 따라나선 동생들보다 따라나서지 않은 내가 정말 미웠다.

겨울 철새의 노래

나는 그 아침에 호명呼名하는 소리를 들었네.
날개를 파닥이며
부산한 움직임으로 싹터 오르는
가슴에 묻어 두었던
땅을 치며 통곡의 강으로 흐르는 소리,
생生의 나무는 기억 속에 깃들었던 둥지를 그리워하고
지금은 마른 가지 흔들며
오라오라 손짓하는데
나는 이역異域의 땅에 서서 그 소리를 듣는다.
눈물은 흩어져서
초원의 풀들을 자라게 하고
나의 핏속에는 장에서 장으로 떠돌다 죽은
역마살 낀 어느 보부상褓負商의 일생一生이 흐르는지
도 몰라
중심을 잃고 바람 속을 헤맬 때
계절의 이마
아침마다 침몰하는 태양을 보았지.
아직은 돌아갈 때가 아니야.

시간의 첨탑 아래에서 부활復活하는 추억追憶처럼
깃털 속에 부리를 묻고
한 세계의 공동空洞이 불러 모으는
호각소리를 들었네.

농업 정책론 시간에

1
비가 오고 있다
첫 번째의 정전
강의실은 낮게 가라앉고 있다
감기 걸린 친구의 안경알은 안개에 쌓여 있다

2
두 번째의 정전

노트 여백 속에 문득
검은 얼굴이 깨알같이 떠올랐다 사라지고
교수님 목소리가 굵은 공기의 파장을 흔들며
강의실 바닥으로 흩어진다
풀려진 말들은 차가운 시멘트 바닥 위에서
누군가의 가죽구두 밑창에 깔려 쓰러진다
그 은밀한 살해 앞에
우리들 분홍빛 통신이 타전하는 물음표

3

세 번째의 정전

아직 비는 그치지 않고 있다
제 살에 고개 묻은 흑판
창을 열면
안개에 쌓여 셀 수 없이 목련꽃 지고
생각의 책장 한 모서리
우체국 문을 나서는 늙은 아버지가 보인다
또 당신의 서랍은 비기도 전에
채무 용지가 쌓여 갔으리니

4

여전히 정전 중

쓰러진 말들이 되살아 내 발목을 잡아 흔들고 흔들고
병든 닭처럼 깜박이는 친구여
한 해만 더 지어 보자시던 아버지 말씀을 이해할 수

있는지
　논둑을 떠가는 흰 지게 짐이 보이는지
　빗방울이 쾅쾅
　나의 가슴을 친다

5
정전 해제

안경을 고쳐 쓰며 애벌레처럼 살아나는 강의실
나무 밑동을 차오르는 수액의 정갈함으로
우리들 장딴지는 힘이 오르고
우산을 준비하지 못한 친구들 괴성에 섞여,
살아야겠다

어떤 예감

검은 구름의 저공비행低空飛行
그리고 난사
타타타타 탓

개미는 개미굴로
비둘기는 비둘기 집으로

지금 홀로
저 광장廣場을 사수하는
아이의 부모는

이별 곡

가만, 사랑아
오래도록 나는 너를 원하였다
능선에 떨어지는 햇살 등지고
귀 익은 목가 흥얼거리며
순결한 혼례婚禮를 꿈꾸는
강, 강의 이름으로
사라지는 너를

그래, 사랑아
오래도록 나는 너를 미워하였다
패랭이꽃은 패랭이꽃대로
붓꽃은 붓꽃대로
바람에 온몸을 내던져 사랑했지만
나는 나대로
사진도 사랑하지 못하면서,
너의 중심中心이고자 했다
전부이고자 했다

이제, 사랑아

아직 사랑이라 부를 용기가 남아 있을 때

조용히 사라져 주마

우리의 여정旅程 끝나지 않았기에

이것마저도 가면이라고 속살거리는

바람의 화살

그 앞에 과녁으로 버려질지라도

온전치 못한 사랑법

슬픈 얼굴 지우며

푸른 너의 기억과 소심한 나의 기억에서조차

조용히 사라져 주마

안녕히

후기[*]

　지난 일 년 동안 산다는 그 어떤 이유를 발견하지도 못한 채 맹목적 이성理性과 막연한 분노 속에 살아온 것 같다.

　우리의 젊음이 유한한 것일진대 죽음이 두렵지 않은 자가 어디 있으랴. 또한 시대가 불투명 리트머스지에 여과된 광륜 같은 것일진대 고뇌하지 않는 자 또한 어디 있으랴.

　사람답게 살고 싶다는 욕망은 늘 내 의식의 뇌리에 강박관념으로 자리하고 있었다. 카프카와 니체와 까뮈를 위해서, 고은과 이성복과 기형도를 위해서, 횔덜린의 묘비명墓碑銘을 위해서, 가볍고 경솔해지지 않기 위해서, 그리고 나의 보잘것없는 정신을 위해서라도 나는 치열해질 것이다.

이선호 씀

---

* 편집자 주 : 지은이가 대학 시절에 복사본 시집을 묶어 내면서 쓴 후기. 따라서 그 이후에 쓴 시들이 모두 포함된 이 시집 전체의 후기로는 시기상 맞지 않음.

시詩가 쓴 처용處容, 붉은 얼굴

| 권덕하(시인·문학평론가)

가을이 왔다. 벌개미취 꽃들이 이는 너른 들에 빛이 고르게 가득하고 하늘이 깊다. 살랑거리는 나뭇잎들 아래에서 바람을 쐬니 마음도 곱게 물든다.

이렇게 볕 좋은 날에 시로 남은 이선호를 읽는다. 시인이 서성거렸던 보문산 숲길과 한밭을 내려다보던 자리에서 시가 쓴 이선호를 음송한다. 행간마다 깃들어 있는 서럽고 안타까운 이야기도 다시 듣는다.

가슴속에 담아 두었던 말들 다 어쩌고 이 좋은 가을을, 떠났을까. 시를 써서 목걸이에 담아 걸고 다녔는데. 한때 사랑이 있었네, 바다보다 더 깊은 사랑이. 노래를 부르면 시인의 목에서 그네를 타던 시. 시인은 시와 일심동체였는데. 잠시도 시와 떨어져 살 수 없었던 사람, 목로 앞에 앉아서 늙은 동인들마저 들뜨게 하는 화술로 활력을 불어넣고 분위기를 다잡아 가던 모습이 선한데, 짓궂은 말을 하며 걀걀 웃다가 긴 한숨을 토하듯 술잔을 내려놓고 무연히 세상을 바라보던 숫진 눈썹과 맑은 눈빛이 곁에 있었는데. 시만 외롭게 남겨 두고 세상을 뜨고 말다니. 지상에 남긴 그 흔적이 그를 기억하는 길을 열고 있으나 시인은 이제 표상할 수 없는 존재가 되었는가. 시집으로 묶이지 못한 그의 시편은 이제 흔적 자체가 되었다.

이선호 시인이 쓰러졌다는 소식을 듣는 순간 기시감에 사로잡혔다. 기형도가 그랬고 윤택수가 그랬으니, 그 쓸쓸한 삶의 윗목에 오래 머물다, 시를 쓰지 못하고 꽃잎 줍는, 비오는 아침을 두고 그는 이제 홀로 갔고, 그 길을 모르고 남은 사람들이 그를 애도하고 있다.

달도 뜨지 않는 그믐밤
여우가 굴 밖으로 나와 시를 쓴다
백년 묵고 천년 묵고도 완성하지 못한 시
단 한 편의 시를 쓰기 위해
여우는 서럽게 곡을 한다

한겨울에도 잠들지 못하는 호랑이

동굴을 빠져나와 시를 쓴다
마늘 묵고 쑥 묵고도 채 쓰지 못한 시
처음이자 마지막인 시 한 편을 위해
호랑이는 피 토하는 울음을 운다

처용도 시를 쓰기 위해 그랬을까
유랑이 또 다른 이름인 그에게
술 묵고 춤추고도 쓰지 못한 시
내 것도 네 것도 아닌 시 한 편을 위해
처용은 붉은 얼굴을 가리고 바다로 떠났을까

시가 쓴 여우
시가 쓴 호랑이
시가 쓴 처용

시 못 쓴 날 아침에는
어김없이
비 오고 꽃잎 진다

— 「시인에게」 전문

이선호 시인이 언어의 모험을 살다 간 서울을 생각한

다. 시인을 쓰러트린 서울의 나쁜 공기와 지독한 어둠에 진저리를 친다. 생계를 위해서 발붙여야 했던 낯선 서울의 붐비는 정거장, 아침마다 뛰어가서 탔던 버스, 퇴근길 유리창에 이마를 대고 흔들리며 바라보던 불빛과 무수한 간판들, 별빛조차 가려 버린 인색한 남의 하늘 아래 돌아와 문을 열면 아무도 맞아 주는 사람이 없는 텅 빈 자취방, 혼자라는 말처럼 혼에 가깝게 사는, 이런 처지에서 민감하고 여린 마음을 지닌 시인은 끝내 무너지고 말았다. 그는 물 맑고 바람 좋은 장수에서 태어나 자랐으므로 기개가 남달랐으나, "내 것도 네 것도 아닌 시 한 편"을 쓰면서 느끼는 그 무상의 즐거움으로 서울에서 버티다가, 다시 일어나지 못했다.

시인이 바라보고 느낀 도시는 비극적인 시공간이다. 느낌과 사유와 상상이 일어나는 조건으로 시인이 받아들이지 못하는 도시는 그저 무심한 시공간일 뿐이다. 변두리에 헛된 먼지만 부려 놓는 현실은 삶을 황폐하게 만들어 버린다. 재개발한다며 광분하는 중에 이웃들과 나누던 골목의 공동체 문화가 다 사라지고 경쟁의 눈빛들이 깨진 유리조각처럼 날카롭게 빛나는 도시의 한 모퉁이에서 소유 감각만 발달하고 다른 모든 감각들은 모두 죽어 버린 것 같은 사람들과 부대끼며 사는,

이곳의 주인은 먼지다
반쯤 부려져 나간 플라스틱 의자에
햇볕이 앉아 조을 무렵
굉음이 버스를 끌고 지나간다
그때마다 정거장은 깨끗이 비워진다
사람들은 모두 먼지를 내다 판다
하얀 마스크를 쓴 사람들이
검은 비닐봉지 가득 먼지를 담아 나른다
먼지에 절은 배추와
먼지를 먹고 자란 콩나물
심지어 먼지 두부는 이곳의 특산물이다
날마다 덤프트럭들이 먼지를 실어 나르고
아이들은 먼지를 마시며 학교에 간다

먼지를 팔러 나갔던 사람들이 돌아오는 저녁
82번 버스 안에서 조는 것은 위험하다
정거장을 그냥 지나치는 경우가 많기 때문이다
종점 못 미친 곳 82번 정거장
늦은 밤마다 먼지의 길을 따라
사람들이 먼지의 집으로 돌아온다
언젠가 한 인부가 죽은 채로 발견되었다
너무 많은 삼겹살과 소주가

그를 먹어 삼켰던 것이다

비 온 뒤
빵처럼 굳어 버린 정거장이
인부의 온기를 빨아들이는 동안
정거장은 무덤처럼 침묵했다
이곳의 주인은 무관심이다

　　　　　　　　　　—「82번 정거장」전문

'82번 정거장'은 우리가 살아가는 도시의 변두리에 있는 은유인데, 이 숨겨서 깨우치려는 현실의 주인은 '먼지'와 '무관심'이다. 잠시 머물렀다 떠나는 일이 반복되는 팍팍한 시공간인 정거장에서 모든 것은 먼지로 환원된다고 시인은 거듭 말하고 있다. 틀에 박힌 일상을 분절하고 기계적인 삶이 되풀이되는 정거장은 도시 변두리 삶의 비극적인 상황을 표상하며 현실에 옭매인 처지를 극명하게 반영하고 있다.

정거장에서 중얼거리는 사무원에게 먼지의 세계는 생명이 죽은 세계이다. 먼지만 살아 있는 세계는 생명이 마땅히 누려야 할 감각이 죽은 세계이다. 그 세계에서 되풀이되는 것은 헐벗은 삶이다. 도시는 시인의 생에 대한 비극적인 인식이 굳어지는 시공간인 것이다. 도시에서는 한가롭게 시간을 즐길 수 있는 장미정원을 박탈당했다고 말한다. "아무도 퇴근하지 않는 주말 오후 / 사무원은 몽상가처럼 중얼거린다 / 누가 내게서 장미정원을 빼앗아 갔는가"(「사무원, 몽상가처럼 중얼거리다」). 색깔을 앗기고 빈둥거리는 몽상가, 중얼거림은 한가함이 아니라 빈둥거림이 되고 몽상은 현실을 더욱 납작하게 만든다.

자본의 논리만 횡행하는 도시의 기계적 생활은 '할머니 무릎 베고 별 이야기'를 듣던 세계와 대조적이다. 도시에 살면서 무수한 별들이 쏟아져 내릴 것 같은 시끄러운 하늘을 본 적이 언제던가. 별빛을 잃어버린 도시를 덮고 있는 구름 너머에서 별들은 여전히 빛나고 있건만, 우리는 달만 휘영청 내걸린 무연한 밤하늘을 올려다보며 아쉬움에 입맛을 다시다가, 이선호의 시와 함께 해맑은 세계를 본다.

1
모든 별들은 아이들 하나씩을 눈 속에 담고 산다
소슬한 바람이 무쇠물고기의 이마를 스치고 지나는
산사의 가을 밤 별들은 마을로 내려와 문간마다 문
패를 써 놓고 간다 간혹 산 너머 개똥이와 아랫마을

순둥이처럼 이름이 뒤바뀌는 경우도 있다 그래서 대나무밭 근방에서는 별들끼리 소곤거리는 소리가 들려오기도 한다

2

별똥별은 자신이 이름 붙여 준 아이가 불쌍해 운다 별똥별의 눈물이 눈썹 밑으로 뚝뚝 떨어져 내릴 때 달의 가슴은 동그랗게 여위어 간다 성황당 느티나무 그림자 짙어지면 별들은 더욱 초롱한 눈빛으로 아이들 이름을 호명한다 새벽녘 누군가 부는 대금가락을 슬며시 지르밟고 오늘도 한 아이가 마을을 떠났다

3

별들은 아이들과 눈빛으로 대화를 나눈다 심장 박동소리 커질수록 별빛 더욱 빛나고 별빛 빛날수록 아이들 눈망울이 커진다 가가호호 글 읽는 소리가 담장 밖으로 흘러넘칠 때 북극성은 호박꽃 옆에서 고개를 끄덕거리다 간다 날이 밝으면 북극성을 닮은 아이가 책가방을 들고 학교엘 갈 것이다 아이들은 저마다 별 하나씩을 눈 속에 담고 산다

—「할머니 무릎 베고 누워 듣는 별 이야기」 전문

아이와 별이 마주 바라보고 살며, 눈빛으로 대화를 나누는 세계, 산과 어둠이 깊을수록 물이 맑을수록 별들이 뚜렷하고 가까운 세계, 별을 오래 바라보아서 맑아진 눈빛과 심성이 살아 있는 세계야말로 시인이 그리던 세계의 실상인 것이다. 시인은 생계를 위해 도시에 살면서 가슴에는 고향의 다정다감한 세계를 그렸던 것이다.

그러나 별들이 내려와 이름을 불러 주는 이 세계도 별의 눈물이 떨어지는 곳이다. 아이는 별을 두고 마을을 떠나야 하기 때문이다. "별똥별은 자신이 이름 붙여 준 아이가 불쌍해 운다."

그렇다고 이선호의 시가 비극적 세계관에만 머물지는 않는다. 통조림 속의 꽁치를 보며 "등 푸른 사람"의 삶을 떠올리고, "바람의 갈피"를 들추는 갈대에게서 뜨겁게 타오르는 일에 참여하고 싶어 하는 횃불을 보고, "단단한 상처"를 돌 갈고 칼 갈고 마음을 갈아 왔던 "숫돌"로 전화시킨다.

> 언제나 눈발은 생각보다 먼저 와 쌓이고
> 빈들마저 무릎 꿇고 나면
> 푸르른 것들은 모두 자취를 감추고
> 우우 부끄러워 고개 돌리는 것이 아니다

다시 바람의 갈피를 들추는 이유

누가 횃불을 붙여 다오
나는 뜨거워지고 싶다
대숲으로부터 벼락같이 터져 나오는
그날의 뜨거운 목소리
밑동만 남기고
나는 한 줌 거름이고 싶다

— 「갈대」 부분

잘 세워진 날은
미명의 새벽처럼 푸르스름하답니다
숫돌의 독기가 스며들어서지요
백 년 천 년, 아니 수억 년 동안
돌 갈고 칼 갈고 마음을 갈아 왔지요
앞으로 얼마나 많은 시간을 갈아야 할까요
숫돌의 고독을 조심하세요
모든 숫돌은 우리의 단단한 상처니까요

— 「숫돌은 푸르다」 부분

시인의 마음과 의지를 엿볼 수 있는 이런 표현들은
도시라는 비인간적 시공간과의 불화에서 비롯된다. 우
리의 행동과 말, 생각과 느낌을 제약하고 규정하는 도
시 현실에서 생기는 불만은 자율적인 삶과 삶의 방식
을 조직하고 제약하는 조건 사이, 창작과 창작을 부정
하는 현실 사이의 긴장을 일으킨다. 이 긴장을 해소하
는 방식으로 시인은 남대문에 살고 있는 당나귀를 등
장시킨다.

　　남대문에 당나귀 한 마리 살고 있다는 사실을 아
　시는지
　　남대문에서 명동 입구까지
　　세상 흘러가는 소리들은 큰 귀로 듣고
　　동그란 눈망울은 자동차 바퀴를 따라 굴린다지
　　등짝이 넓고 실팍한 정강이를 가졌으며
　　땅바닥에 무릎 꿇었다 일어서면
　　장롱이든 냉장고든
　　단숨에 세상을 들어 올린다지
　　한때는 지게 짐으로도 남산 중턱을 오르내렸다지
　　힘도 힘이지만 허리 쓰는 기술이 워낙 남달랐으니
　　쌀가마니 지고 소월시비 근처에 앉아 담배를 피워
　물면

등줄기 휘감고 지나는 바람이 얼마나 시원했던지

한강 너머 멀리멀리 고향 내음에 절로 코도 벌렁
거려 보고

사십 년을 한결같이 상가 계단에 쭈그리고 앉아

반쯤 조는 눈으로 추억을 되새김질하다가도

막걸리 한 사발이면 어깻죽지와 장딴지에 흥이 오
른다지

비탈 오를수록 물 먹은 솜처럼 숨이 막혀 와도

아직은 리어카보다 등짐이 좋은

머리가 허옇게 센 당나귀 한 마리 남대문에 산다지

천생 남대문을 집으로 알고 살아가는 당나귀 있다지

— 「남대문 당나귀」 전문

남대문 당나귀는 도시에서 제 깜냥으로 살아가는 존
재자다. "단숨에 세상을 들어" 올릴 수 있는 능력이 있
는 당나귀는 "힘도 힘이지만 허리 쓰는 기술이 워낙 남
달랐으니" "막걸리 한 사발이면 어깻죽지와 장딴지에
흥"이 오른다고 한다. 우리는 이러한 남대문 당나귀에
게서 사람의 정취를 느낀다. 당나귀로 표상되는 인간
이지만 기계에 의존하여 기계처럼 사는 도시생활을 되
돌아보게 하는 저력이 그에게 있다.

비록 집도 절도 없지만 당나귀가 한양의 관문에서 당당하게 살고 있다는 역설(익살)을 통해 시인은 유랑하는 사람들에게 남아 있는 어떤 거룩한 면모를 그리고 있다. 그러나 이런 면모가 전근대적 미덕과 함께 신명 나게 살아나야 할 지점에서 시 쓰기는 안타깝게도 멈추고 말았다.

별이 지어 준 이름을 두고 아이가 떠나서, 향한 곳은 어디인가. 그곳도 찬 비 뿌리고 붉은 꽃잎이 지더냐. 캄캄한 도시에서 회색 건물들 사이를 빠르게 빠져나가다가 진혼가는 덜덜 떨면서, 시인이 남긴 흔적을 어루만지고 있다.

처용도 시를 쓰기 위해 그랬을까
유랑이 또 다른 이름인 그에게
술 묵고 춤추고도 쓰지 못한 시
내 것도 네 것도 아닌 시 한 편을 위해
처용은 붉은 얼굴을 가리고 바다로 떠났을까

―「시인에게」 부분

고독에 젖어 있었던 내면

| 정용기(시인)

대전에서 통영까지 이어지는 고속도로를 따라 남쪽으로 달리다가 멀리 보이는 덕유산 곁을 지나고 짧은 밤재터널을 지나면 전북 장수군 장계면의 넓은 분지가 나온다. 고향인 진주를 가는 길에 이곳을 지날 때마다 선호에게 전화를 하곤 했다.

"야, 선호야! 너네 고향 지나가고 있어!"

이제는 그럴 수 없게 되었다. 내 휴대전화에서 이름도 오래전에 지웠다. 저장된 이름을 지울 때 죄를 짓는 것 같아서 망설이기도 하고 애잔하기도 했지만, 기억 속에서는 그의 이름을 지울 수가 없다. 인간의 기억이라는 것이 때로는 집요하기도 하고 잔인하기도 하다는 것을 느낀다.

선후배 가릴 것 없이 누구에게나 붙임성이 뛰어날 뿐만 아니라 성격이 쾌활하고 씩씩해서, 그가 가는 곳은 늘 들뜬 분위기가 일곤 했다. 짙은 눈썹에 큰 눈망울이 장난스러우면서도 선하게 다가왔고, 때로는 그 속에서 슬픔이 일렁거리곤 했다.

선호가 이 세상을 하직한 지 벌써 5년이 훌쩍 넘었는데, 지금 와서 이런 글을 쓰려고 하니 슬픔과 애잔함만 오롯이 남을 뿐 그에 대해 아는 게 별로 없다는 생각 때문에 자괴감에 빠져든다. 생전에 그를 제대로 이해해 주지 못하고 무심했던 것은 아닐까? 그래서 선호를 생각하면 늘 무상감이 밀려들면서 마음이 아프다. 어쨌든 살아남은 사람이 고인에 대해 감수해야 할 몫도 있는 것이다.

선호를 처음 만난 것은 1986년이었다. 나는 군복무를 끝낸 뒤 복학을 해서 국어국문학과 4학년으로 다니고 있었고, 그는 경제학과에 갓 입학한 신입생이었다. 전공은 전혀 달랐지만, 그가 '시목'이라는 문학 동아리에 가입을 하게 되면서 나와 선후배로 인연을 맺게 된 것이다.

학창 시절에는 서로를 충분히 알 만큼 교류할 시간이 없었지만, 졸업을 하고 난 뒤로 인연은 계속 이어졌다. 동아리의 각종 행사에 참석하면서 만나기도 했고, 공주 교동의 단칸방에 살다가 금성동의 방 두 칸짜리 보금자리를 구하여 이사를 하게 되었을 때, 선호는 몇몇 후배들과 함께 2층까지 이삿짐을 날라 주기도 했다.

또 윤형근, 송기섭, 이형권, 이태관, 박종빈 등과 함께 10여 년 동안 '풍향계' 동인으로 활동하면서 정기적으로 만났고, 그 이후 내가 '화요문학' 동인으로 합세하면서 가장 젊은 동인으로 이미 활동하고 있던 선호와의 인연을 계속 이어갈 수 있었다. 우리 집에도 여러 번 오고, 술을 마시고 나면 한밤중에 불쑥 전화를 할 때도 있었다. 2003년에 한국문예진흥원의 문예기금을 지원 받아 내가 첫 시집을 내었을 때, 같이 활동하던 '풍향계' 동인들과 함께 현수막을 준비하고 식순을 짜기도 하고 사회를 보면서 처음부터 끝까지 힘을 써서 첫 시집 출간을 챙기고 축하해 주었다.

그는 명석한 후배였다. 전북 장수군의 시골에서 중학교를 졸업하고 전주에 있는 고등학교로 진학하게 되는데, 입학시험에서 만점인 200점에 거의 가까운 점수로 입학을 했다는 것을 언젠가 들었다. 같이 활동하던 대학의 문학 동아리에서 시 합평을 하거나 대화를 나눌 때는 해박한 지식과 논리적인 말솜씨로 좌중을 휘어잡곤 했다. 평소 소소한 일에서도 정확한 판단력으로 대처했고, 자기에게 주어진 일은 깔끔하고 합리적으로 해결하는 능력이 있었다.

문학적인 재능과 열정 또한 뛰어나고 아주 치열했다. 대학 재학 중에 문학 동아리 '시목'에서 활동하면서 익힌 창작의 열정으로 재학하고 있던 대학의 문학상에서 1990년에 시가, 1991년에는 소설이 당선되면서 재능을 보여 주었다.

그 이후에도 줄곧 왕성한 창작 활동을 하면서 시와 소설 부문에서 일간지 신춘문예 결선까지 몇 번 올라가곤 했다. 비록 당선자에 이름을 올리지는 못했지만, 신춘문예가 엄청난 경쟁률뿐만 아니라 심사위원의 취향에 크게 좌우되고 어느 정도 행운도 뒤따라야 한다는 점을 고려한다면 선호의 문학적인 재능은 누구보다도 뒤지지 않는다고 생각한다.

졸업 후 금산군 복수면에 있던 석재 공장에서 일을 하게 되었는데, 내막을 정확하게 알 수는 없지만 가까운 친척과의 복잡한 금전 관계로 인해 그곳에서 일을 봐줘야 하는 상황 때문에 2~3년 동안 눌러앉을 수밖에 없었다.

그 후에 서울로 근거지를 옮기고 광동제약에서 한동안 근무하면서 뛰어난 친화력과 시장 장악 능력으로 괄목할 만한 실적을 올린 사실을 주변 사람들은 다 알고 있다.

직장을 에너지 관련 기획 회사로 옮기면서 그곳에서

발행하는 월간 잡지의 편집장이 되어서 우리 곁을 떠날 때까지 근무했다. 그곳에서 근무할 당시 편집과 기획뿐만 아니라 마케팅에도 능력을 발휘해서 사장이 무척 신뢰하고 아꼈다고 한다. 어느 날 사장을 찾아가서 "실적이 좋으니 월급을 올려 달라"고 했더니, 사장이 금고문을 열고는 "갖고 싶은 만큼 가져가라"고 하더란다. 그때 얼마나 갖고 왔는지 말은 안 했는데 평소 큰 욕심이 없었던 성품으로 볼 때 사장의 마음만 확인하고 발길을 돌리지 않았을까 생각이 든다.

당시 지방으로 취재를 갔다가 가끔 공주에 들러서 나를 만나고 가곤 했는데, 어느 날 서울행 표를 끊어 놓고 시간이 남아서 공주고속버스터미널 옆에 있는 음식점에 주저앉아 술을 시켜서 홀짝홀짝 마시다가 선호는 꼴딱 취하고 차는 떠나고 말았다. 선천적으로 술을 못하는 나는 말대꾸나 해 주고 지켜볼 수밖에 없었는데, 창밖으로 어둠이 밀려오고 왠지 적막한 느낌이 자꾸 들었다. 아무래도 그는 외로움을 심하게 타고 있었던 것 같다.

길 잃은 짐승처럼 자기를 어쩌지 못해 술 앞에서 무너지는 그의 슬픔을 밀려오는 어둠은 알기나 했을까? 겉으로 쾌활하고 낙천적으로 살아가는 모습을 보이면서 고독에 젖어 있었던 내면은 주변 사람들도 쉽게 알

아채지 못했던 것은 아닐까?

　같은 해에 입학을 하고 같이 동아리 활동도 하면서 늘 친하게 어울리던 최대규의 말에 의하면 서울로 올라가기 싫어했다고 한다. 물론 대학 입학 이후 자리를 잡고 청춘을 보내면서 지인들이 많은 대전에 애정이 남아서일 수도 있겠지만, 어쩌면 무한 경쟁 시대의 대열에 편승해야 한다는 사실에 공포감이나 환멸을 느꼈던 것은 아닐까?

　그는 결국 씩씩하게 서울살이를 하다가 서울에서 삶을 마감하게 되었다. 아! 서울!

　생전에 그를 만날 때마다 평균적이고 순탄한 삶을 살았으면 하는 아쉬움이 있었다. 연애를 하다가 결혼을 하고 가정을 꾸려서 살아가기를 바랐다. 사귀던 여자 이야기를 한동안 했던 적이 있었다. 나이 차이는 좀 있었던 것으로 들었는데, 전주에 있는 국립대를 졸업했다면서 자랑을 하고 기회가 되면 한번 데리고 오겠다고 했다. 그때 진심으로 결실을 맺어서 동반자가 되기를 빌었고, 그럴 수 있을 것 같아서 나는 아주 즐거웠다.

　그가 우리 집에 마지막으로 들렀던 때는 2007년 2월이었다. 공과대학 입학을 앞두고 있던 우리 아들과 한참 이야기를 나누기도 했는데, 지금도 아들은 '선호 아저씨'로 기억하고 있다.

그때 선호는 자신이 기획하여 도서출판 '아리'에서 갓 출간한 『식품 전쟁』이라는 책을 갖고 왔었다. 식품과 건강에 관한 연구자인 '팀 랭'과 '마이클 헤즈먼'의 저서를 농민신문 박중곤 편집국장이 번역했고, '음식 그리고 문화와 시장을 둘러싼 세계 대립'이라는 부제가 붙어 있었다. 그 이전부터 그는 채식에 관심을 갖고 관련 잡지를 창간하려는 구체적인 계획을 세우고, 그와 관련하여 식품 관련 도서 출판을 염두에 두고 첫발을 내디딘 참이었다.

그때 우리 가족과 같이 밥을 먹으면서 어떤 생각을 했을까? 나는 가정을 꾸린 선호의 집에 가서 밥을 먹는 상상을 했었지만 허망할 뿐이다.

어쨌든 반려자를 만나 가정을 꾸렸더라면, 그래서 부인과 아이들을 태우고 공주를 찾아오기도 했더라면 (언젠가 2,000cc 배기량의 삼성 차를 타고 공주에 들렀던 것처럼) 얼마나 좋았으랴! 그랬더라면 젊은 나이에 허망하게 우리 곁을 떠나지는 않았을 것이다. 곁에 누군가 있었다면, 쓰러졌더라도 병원으로 이송하여 정상인으로 되돌아왔을 것이다.

하지만 인간의 삶은 컴퓨터 프로그램처럼 '리셋'이 안 된다. 오랫동안 혼자 생활하다 보니 고독과 술과 불규칙한 식사로 그의 삶이 참 고단했을 터이다. 몸은 알게 모르게 조금씩 지쳐 갔을 것이다.

선호는 2007년 8월 23일 후배를 만난다며 퇴근한 후 술을 마시고 집으로 간 후 쓰러졌다. 다음 날 저녁에 직장 동료들에 의해 발견이 되었지만 뇌혈관의 손상은 돌이킬 수 없었다. 며칠이 지난 뒤에 후배로부터 연락을 받고서도 쉽게 믿을 수가 없었다. 입원해 있던 한강성심병원을 찾아갔지만, 움직이지도 못하고 사람을 알아보지도 못했다. 이름을 불러도 눈만 끔벅거릴 뿐이고, 쓰러졌을 때의 충격과 발버둥 때문인지 이도 빠져 있었다. 저 환자가 평소 쾌활하고 총명하던 선호란 말인가!

의식도 없이 병상에 누운 아들을 지켜보던 어머니는 수심이 깊었다. 전북 장수의 고향집에서 아들의 소식을 듣고 올라오셔서 아들 병수발을 하던 어머니의 그 심정을 우리가 어떻게 알겠는가.

2010년 12월 23일 오전에 선호가 운명했다는 문자 메시지를 다른 후배로부터 받았다. 24일에 시흥장례식장으로 갔다. 손가락과 코끝이 아리도록 추위가 혹독하게 휘몰아친 날이었다. 소래포구 근처에 있는 한마음병원으로 옮기고 나서는 한 번도 가 보지 못하고 결국 떠나보내게 되었다.

2011년 1월 말에 설을 쇠러 고향으로 내려가다가 우연히 선호 아버지의 별세 소식마저 듣게 되었다. 문상을 하기 위해 고속도로에서 가까운 장계면의 집을 찾았는데, 이미 장례식은 치르고 난 뒤였다. 선호가 살았더라면 선후배들에게 다 연락이 되었을 것인데 아무도 모르고 지나가 버린 것이다. 아니, 아들을 잃지 않았다면 더 오래 사셨을지도 모른다. 그때 선호 어머님이 하신 말씀이 아직도 생생하다.

"사는 게 너무 폭폭하네요."

자식을 잃고 남편마저 사별한 아픔과 허무가 짙게 다가와서 나도 먹먹해졌다.

식탁 위에 놓여진 밥 한 공기
힘내라 힘
어머니 말씀이다
그 말씀이 나를 살게 했다

밥 먹기를 포기하는 놈은
내 아들이 아니다
배 터지게 먹고 힘내서
살아서 싸워라
싸움도 힘이 있어야 싸운다
그 말씀이 나를 울린다
먹어도 뜨거울 때 먹어라

뜨거운 밥알이 입안을 가득 채울 때
용기는 뜨겁게 온몸을 달구어 낸다
밥이 힘이다

밥 먹기 싫은 놈은
차라리 죽어 버려라
죽지 못해 사는 놈은
진정한 밥을 먹어 보지 못한 것이다
식은 밥도 꼭꼭 씹어 삼키다 보면
달디 단 눈물의 밥이 된다
밥이 사랑이다
밥이 희망이다

—「밥이 힘이다」 전문

'밥 먹기를 포기하는 놈은 / 내 아들이 아니다'라는 어머니의 말씀을 배신했다. '힘내라'는 어머니의 말씀을 거역했다. '배 터지게 먹고 힘내서 / 살아서 싸워라'는 당부를 저버리고 어머니를 참담하게 만든 불효자다. 그러나 용서하마. 사십대 초반의 젊은 나이에 삶을 내려놓아야 했던 것이 아우님의 운명일 테니까.

장계를 지날 때마다, 육십령을 바라보면서 아우님을 생각하마. 잘 쉬게나, 아우님!

이상한 식물원

초판 1쇄 인쇄 2016년 6월 15일
초판 1쇄 발행 2016년 6월 20일

지은이 이선호

펴낸이 김연홍
펴낸곳 디오네

출판등록 2004년 3월 18일 제313-2004-00071호
주소 서울시 마포구 성미산로 187 아라크네빌딩 5층(연남동)
전화 02-334-3887   팩스 02-334-2068

ISBN 979-11-5774-534-0 03810

디오네는 아라크네 출판사의 문학·인문 분야 브랜드입니다.